Yushi & Ki
「親友だけどキスし

親友だけどキスしてみようか

川琴ゆい華

キャラ文庫

この作品はフィクションです。
実在の人物・団体・事件などにはいっさい関係ありません。

目次

口絵・本文イラスト／古澤エノ

□1□

好きすぎるあまり俺はとうとう超能力を手に入れたのかもしれない——高校の校門から校舎まで続く歩道で、宮坂侑志《みやさかゆうし》は五メートルほど先を歩く登永清光《とながきよみつ》のうしろ姿を見つめながらそんな奇天烈なことを考えた。

彼についての印象的な記憶には不思議といつも、桜の花びらがある。今この瞬間も、桜花が舞う中にある彼の姿は「スマホカメラで撮りたいな」とうずうずするくらい最高に映えていて、侑志はそっと嘆息した。

いちばん最初に登永清光を知ったのは小学三年生のとき。彼が所属するサッカークラブチームとの練習試合で、その試合会場を囲む桜がちょうど満開の頃だった。

侑志が所属する小学校のサッカー部からすると、クラブチームは実力も成績もだいぶ格上だ。清光は三年生にして主に五、六年生で構成されるU12のレギュラーメンバーで、当時からその名前のとおり、眩《まぶ》しいくらいにきらきらしていた。

高校サッカーの強豪校に学費免除でスカウトされる彼とは違い、とくに目立った活躍や実績がない侑志は受験で合格する以外に、彼と一緒の高校に行く術《すべ》はない。だから同じ高校に入るために、侑志は地道に、死ぬほど勉強した。

最初は清光の容姿とストライカーとしての積極的なプレースタイルを含めて「かっこいいな」という単純な羨望だった。

でも対戦相手としてだけじゃなく、彼の人となりを垣間見《かいまみ》てもっと好きになった。あいさつの声が潑剌《はつらつ》としていて、誰に対しても礼儀正しく、重い荷物を率先して運び、年下の面倒を見るなど、いやみがなくてさわやかで褒めるところしか見当たらない。

反抗期まっただ中の中学生になっても、そんな彼のいいところは少しも変わらなかった。

彼と友だちになりたい。彼の姿やプレーをもっと近くで、ずっと見ていたい——そんな小・中学校時代を過ごしたが、ついにその願望が侑志にとって遠い夢ではなくなったのだ。

——俺ほんとに登永清光と同じ高校に入ったんだ……。しかも同じクラス……！

勉強でもサッカーでも目立つことなく、可もなく不可もなくな自分に起きた奇跡。自力で引き寄せた幸運ではなく、ついに超能力を会得したと思っても無理はないのだ。

——高身長で脚が長いし、頭ちっさ……骨格から細胞までぜんぶかっこいい。あのくしゃっとした笑い方なんか試合中の顔つきとギャップがあってかわいいのがまた……。

超能力でそろそろ下着が透けて見えそうなくらいに凝視していたら、清光の手元から何かの用紙がするんと滑り、それは侑志の前に落ちた。

咄嗟《とっさ》に拾い上げると、学校案内のパンフレットに挟まっていた書類だ。

彼に話しかけるチャンスがいきなり到来してしまった。

胸を逸《はや》らせながら歩み寄り、「自然に、自然に……」と心の中で唱えて、うしろから肩をぽんとたたくと、その距離で清光が振り向いた。

「……っ！」

こちらから話しかけておいて驚いたような表情の侑志に、清光は「何？」と目を少し大きくする。距離の近さとイケメンボイスに心臓を破壊されそうだ。

侑志はさっと視線を逸《そ》らして「これ、落ちたよ」と拾ったものを差し出した。

「あ、あれっ？　あー……ほんとだ。俺のだ。ありがとう」

ここでうっかりきゅん死している場合じゃない。

サッカーの話題を振るなら今だ――侑志は決意して顔を上げた。

「……あのっ……『エクスドリーム』の登永くん……だよね」

緊張で出だしが変に声高になってしまったが。『東京《とうきょう》エクスドリーム』は三月まで彼が所属していたクラブチーム名だ。

侑志の問いに、清光は目をさらに大きくした。侑志が彼の所属チームと名前を知っている理由を続けて説明する。

「……俺も小学校からサッカーやってて。クラブチームじゃなくて学校の部活だけど」

「あ、ほんと？　じゃあサッカー部入る？」

屈託なくそう問われて、侑志は「そのつもりだけど……」とうなずいた。答えを濁したのは、選手としてではなくマネージャー志望ということを今言うべきか迷ったからだ。

「俺もこの高校のサッカー部に入るんだ。よろしく——あ、桜の花、髪にくっついてる」

侑志のくせ毛の前髪に絡まっていたらしい。その花びらを清光は指先でつまんで「拾ってくれたお返し」と侑志に手渡し、にっと笑った。

その人懐こい雰囲気と明るい表情に、またもやきゅんとさせられる。

——こっ……こういうとこだよ……！

クラブチーム出身の有名選手であってもそこをまったく鼻にかけず、誰に対しても態度を変えないのが清光らしい。

侑志はすでに彼のすべてに「まいった」という気分なのだが、もともと喜怒哀楽が表情や態度に出にくい上に、「うん、よろしく」と返した声が緊張で硬くなり、むしろ真逆の印象になってしまったかもしれない。

そんな心配を撥《は》ねのけるように、清光が質問を続ける。

「名前は？　何中のサッカー部？　ポジションどこだった？」

侑志は彼の反応に内心でほっとしつつ、出身中学と名前、そして「右サイドバック」とディフェンスのポジションについて答えた。しかしこれは稀《まれ》にレギュラーに選ばれた場合のことだ。

「でも、高校ではサッカー部のマネージャーになりたいんだ」

侑志が明かすと、清光は「マネージャー？」と驚いている。

「中二のはじめにケガして一年くらいできない時期があって、その間にみんなのお世話とかしてたんだけど、サポート側の仕事が性に合ってるっていうか……プレーするより楽しくてさ」

通院中に整形外科で教えてもらった『体幹を鍛えるトレーニング』をみんなに伝授することもあった。

スパイクやボールを磨いたり、飲料を準備したり、選手が練習に集中できるように環境を整える——海外の有名クラブチームにはそんな裏方業務を任された専門職があると、日本ではまだあまり知られていない。侑志は裏方の楽しさだけじゃなく重要性を知って、自分もそんな存在になれたらと思っている。

「海外の『ホペイロ』みたいな？」

日本のプロサッカー選手でもその職業を知る人が少ないと聞いていたので、清光の口からするっと『ホペイロ』が出たのには驚いた。

「そう、ホペイロ！　日本じゃまだ馴染《なじ》みがない仕事だけど」

さすが清光だ、とうれしくなる。『先輩の持ち物の泥汚れを落とすのは格下や新入部員の仕事』という風潮がいまだに残っている運動部は多い。

「そっか……ボール蹴ったりはできる？」

「うん。ケガは治ってるし、シュート練習のときの出し手《パサー》は中学でもやってたから得意」

どや顔で自慢することでもないが、清光は「敏腕ホペイロだな」と返してくれた。

「登永くんはフォワードのトップだったよね」

「うん。あ、『清光』でいいよ。俺も『侑志』って呼んでいい？　流れで紹介するけど、こっちが同じ『エクスドリーム』にいた『今井拓海《いまいたくみ》』、その横が俺と同中の……」

清光に呼び捨てされたことに頭がスパークしそうになったが、サッカーのチームメイトは試合中も含め名前で呼び合うのが普通だ。

――俺はもうずっと長い間、心の中でこっそり『清光』って呼んでたけど。

舞い上がる気持ちを抑えつつ、清光に紹介された人たちにもあいさつをする。

「今井くんも『エクスドリーム』でセカンドトップだったよね。ふたりがツートップで活躍してるの見てた」

すると彼も侑志に向かって「俺も『拓海』でいいよ」とクールに返してくれた。少女漫画に出てきそうなイケメンで、見るからにモテそうな彼は女子人気も高い。

「日本代表選手の中だったら誰推し？」

清光に話しかけられるたびに、薄ピンクの花吹雪が胸いっぱいに舞い上がる。侑志は一生分の運を使い果たしたかもしれないと思いながら「日本なら……」と彼の問いに答えた。

――でもやっぱ、俺の推しは清光だ。

少女漫画に出てくるような女子人気の高い拓海でもなく、サッカーファンならみんな知っているようなスター選手でもなくて。

これまで侑志にとって、清光はテレビの向こうで活躍するスターみたいなものだったが、試合会場で彼のプレーを見るたびに、敵チームや無関係の外野ではなくいちばん近くで仲間として堂々と応援したいという気持ちが強くなった。応援だけじゃなく、彼の活躍を傍《そば》でサポートできたら、彼が輝く実績を残す一助になれたら、こんなに素敵なことはないと思うのだ。

プレー中だけじゃなく、それ以外の彼についてもっと深く知りたい。清光と同じ高校へ行けばそれが叶《かな》うのだ。勉強をしてがんばれば手に入る権利なら、その努力は厭《いと》わない。

——すごい。俺、清光のとなりを歩いてる。

これから始まる三年間など想像もできないけれど、侑志にとって彼が、高校生活を彩る青春そのものになることだけは分かっていた。

高校入学当初こそ清光のことを月ほどに遠く感じていたが、侑志はマネージャーとして同じサッカー部に所属し、クラスメイトとして日々の学校生活を送るうちに、ひと月もたたず自然と話せるようになった。

「侑志ー！」

サッカー部の練習中、グラウンドの中央辺りから清光の声が耳に届いて振り返る。

「マーカー、どこ置いたか知らない？」

侑志は「持ってくる」と手を挙げて応えた。マーカーコーンは、ドリブル練習の際の目印や、目標地点、障害物の設定として地面に置くUFOみたいな形をしたトレーニング用品だ。

「あ、きれいになってる」

五十枚のマーカーを重ねて収納するホルダーごと受け取った清光が、すぐに気付いてくれた。

「今朝洗って乾かしたんだ。枚数も減ってたから買い足しておいた」

雨のあとの練習で泥まみれになっていたり、割れて数が減ったりするが、マネージャーの侑志が備品のひとつひとつの状況にも気を配っている。

「マーカー一枚だって、いつも新品みたいで気持ちいいな。ありがと」

清光の何気ないひと言がうれしい。清光はこんなふうにふわっと心が浮き立つような言葉を添えてくれるので、侑志は「もっとがんばろう」と思える。

中学生の頃に「清光の傍でサポートするマネージャーになれたらいいな」と、彼を追いかける気持ちになったのも、ほんの些細《ささい》な出来事がきっかけだった。

清光は覚えていないようだが、ふたりがはじめて会話を交わしたのは高校の入学式の日ではない。それより二年前のことだった。

＊＊＊

中学二年生でケガをして治療に専念していた頃、とんがった性格のサッカー部員から「いいよな、侑志はケガでずっと練習休んでいられるからラクで」とぼやかれたことがある。部員が真夏のグラウンドで死ぬほどきついランニングやトレーニングを行っている間、侑志は端の木陰でボールを磨いたりしていたから、そう言いたくなる気持ちは分からないでもない。

子どもの頃からサッカーは好きだけど、「ボールさばきが上達しないな」とコーチに指摘され、実際に足もとの不安定さからケガをしたので、「へただし、完治に時間かかるようなケガするし、俺だったら辞めて別のことする」と直接口に出さずとも一部の部員から侮られているのにも気付いていていた。

「つらかったら辞めてもいいよ」と母親は言ってくれたけれど、そこでやめるのはくやしい。ケガで休んでいる自分だからできることは実際あって、それを投げ出したくもなかった。

ビブスを洗ったり、備品をメンテナンスしたり、擦り傷程度ならいちいち保健室に行かなくても部室の救急箱で侑志が対応したり、習ったストレッチを伝授したり。「ありがとう」「助かる」と侑志に声をかけてくれる部員も多かったから、存在意義を失ってはいなかったのもある。

あれは夏のリーグ戦。侑志が所属するチームは、清光と拓海が率いる強豪の『東京エクスドリーム』と対戦することになった。『東京エクスドリーム』はその後に控える上位大会のシード権を狙っており、あちらからすると勝ちが確定した消化試合みたいなものだ。

とはいえ選手がはなから「勝てるわけがない」と思うとますます士気が下がる。マイナスの空気は伝染し、「万が一勝てたら午後も試合になるけど……弁当注文どうする?」「どうせすぐ仕舞うし、雨も降りそうだし、わざわざ団旗出す?」なんて言い始める。

侑志は『負け前提』でピッチに立って無様な結果を残すのはよくないと思い、試合前に「弁当を注文しよう」と声をかけたし、雨がぱらぱらと降り始めようが団旗を掲げるつもりで準備した。

「えー、侑志、弁当注文するのかよ。どうせうちに帰ってから食うことになるのにさぁ」

「団旗が汚れたらまた洗濯しなきゃじゃん。まぁ、どうせ洗濯すんのは、マネージャー化してる侑志だろうけど」

冗談に乗っかって「おまえそれは言ってやるなよ～」と笑い声すら上がる。

試合用のユニフォームに着替えるときから部員の何人かがそんなかんじだったけど、侑志はお構いなしに「また洗ってアイロンかければいいだけだよ。がんばろうよ」と声をかけた。

——隣に『エクスドリーム』のテントがあるのに。今のぜったい聞こえてる。

歯が立たないほど格上の相手チームに舐《な》められても仕方ないかもしれないが、こっちが本気でぶつかっていかないことこそ無様だと思うのだ。少しは焦らせて、エース級の選手を続々と投入させるくらいの爪痕は残したい。

——しかも清光と拓海は、格下のこっちに対して舐めた態度で試合しないのに。

あとの試合にエースの体力を温存するため、あきらかに手抜きしてくるチームはいる。勝つのが最終目的だし、それは監督や指導者の采配かもしれない。でも『東京エクスドリーム』がそんな試合をするのを見たことがない。だから全力で闘うのが礼儀だし、スポーツマンシップを捨てるなんて彼らの前でしたくない。

「みんなアップ前後に、雨で身体《からだ》冷やさないようにしよう。うちの団旗は俺があげる。どしゃぶりになろうが関係ない。シード狙いのあっちをちょっと焦らせてやろうよ」

最後は声量を抑えてみんなに告げた。いつも控えめで何を言われてもやんわりと受け流している侑志なので、はっとした年上の三年生が「そうだよな」と同調してくれて、そこからどうにか士気が上がった。

対『エクスドリーム』戦は当然負けた。前半ですべての力を出し切ってしまった感はあったけれど、そこで相手チームが焦るのが見えたから、負けても胸がすっと晴れやかだった。

試合後も雨は降り続き、みんながテントで着替えをしている間に侑志はフェンスに括《くく》りつけた団旗をひとりで片付けていた。

身長が高いほうではないので、がんばって括ったヒモにぎりぎり手が届き、さらに雨のせいでなかなかほどけない。

そのとき侑志の正面、フェンスの向こうに誰かが立って、侑志がのろのろと手間取っていたヒモを外してくれた。

「あ、ありが……」

声が窄《すぼ》んでしまったのは、フェンス越しに立っていたのが清光だったからだ。

「上のこっちも取るから、下のほうほどいて」

突然のことに驚いて、「う、うん」と答えるので精いっぱいで、侑志は胸をばくばくさせ、右下のヒモをほどいた。

「かったいよ。これ。どんだけ強く結んでんの」

清光は笑いながらも、手を伸ばしてほどいてくれている。

「ごめん……結ぶときに気合い入れすぎたかも……」

「さっきの試合。燃えたもんな、お互い」

侑志が試合に出ていなくても、チームユニフォームを着ているから分かったようだ。

清光にそんなふうに言ってもらえて、侑志は「俺は観戦エリアで応援してただけ」と返し、本気でぶつかってよかった、と内心でうれしくなる。

「シードはもちろん狙ってるし手抜きするつもりもなかったけど、だいぶ焦った。前半だけな」

最後ににっと笑って清光が団旗のヒモから手を放す。

試合前のテントでの侑志の言葉が、清光にはぜんぶ聞こえていたらしい。それに気付いて侑志が苦笑いすると、清光のほうはちっとも気分を悪くしてる様子はなく、にんまりしている。

「試合に出てなくてもチームの一員だろ。団旗だってくすんでたら、気持ちよくないもんな」

青空の下で風をはらむ、ぴかぴかの団旗。それも大切だと清光は言ってくれている。試合に出ていなくてもメンバーだと言ってくれている。

侑志の勝手な解釈かもしれない。でも清光の言葉が侑志の胸に甘い痺《しび》れを伴って刺さった。自分が陰で、日向でやっていることは、無駄や間違いじゃないと思うよと、彼がフェンス越しに背中を押してくれた気がした。あと少し自信や確証が足りなかった侑志だったが、あの瞬間にかたい勇気を貰《もら》ったのだ。

最後は「おつかれ」のあいさつで去る清光の背中に、侑志は「ありがとう」と声をかけた。

――清光みたいな人と一緒だったら、どんなことでもがんばれるな……。

ほんの一分くらいの出来事だ。高校入学前、清光と会話を交わしたのはそのたった一回。憧れの清光から貰った言葉が、侑志の心に強烈に残った。

＊　＊　＊

高校入学から三カ月が経《た》った今では、清光が気まぐれなタイミングで侑志を「ユウ」と呼んだりする。侑志はそれが死ぬほどうれしい。

しかし残念なことに期待していたシチュエーション——部活のあと『なんか食って帰る?』『どこか寄り道する?』は叶わなそうだ。

清光は人懐こいキャラで適度に周囲にノリを合わせるタイプだけど、私生活はけっこうストイックだった。考えてみれば当然だ。清光はサッカー中心の生活で、筋トレやストレッチ、ランニングに余暇を使う。寄り道だの買い食いだの、余計なカロリー摂取や無駄にだらだらとした遊びはしないようだ。そういう陰の努力もあって、彼が小学生からずっと優秀な選手で居続けているのだと知った。

そんな清光がときどき顔を出すのが友人たちとのカラオケだ。音楽が好きなのと、たまの気分転換、そして時間制限がきっちりしているところも彼の好みに合うからだった。

清光はカラオケに行くといつも自身が好きなバンドを選曲して、侑志をそれに巻き込んだ。

「ユウ、ハモりやって」

清光に「侑志にハモってもらうと自分がうまくなったみたいに聞こえるんだよな〜」と言われたのがうれしくて、浮かれ気分が態度に出ないように意識しつつ手渡されたマイクを握る。

今日、カラオケにはサッカー部の男子ばかり五人で入店した。本当はサッカーの練習の予定だったが、大雨で中止になったのだ。

「あ、俺も『クライム』のその曲好き」

向かいの拓海がにんまりすると、清光がそれに応えるように親指を立てた。

インディーズ時代のミニアルバムで注目され、一年前にメジャーデビューした四人組のロックバンド『ＣＬＩＭＢ・ＩＮＧ』、通称『クライム』。最近はＣＭ曲やドラマ主題歌にも起用されて十代から二十代といった若い世代にとくに人気だ。

カラオケ初日に清光が好きなバンドだと知ったから、侑志はその夜には音楽配信サイトでアルバムをダウンロードして、登下校時も寝る前もエンドレスで聴きまくった。清光の贔屓《ひいき》のバンドだからというバックグラウンドがあったからかもしれないが、おかげで侑志も『ＣＬＩＭＢ・ＩＮＧ』が好きになり、今や清光より彼らの情報に詳しい。

「あー、『クライム』の生歌聴いてみたい。ライブハウスもツアーもどうせチケット取れないだろうけど、フェスとか行ってみたいなぁ……」

歌い終わったあと、となりに座る清光がつぶやいた。

「……俺ファンクラブに入ったから、コンサートの優先チケット取れるかも」

「えっ、まじで?」

侑志が自分のスマホでＦＣ公式サイトを見せると、清光は「おおお」と湧いている。

「ファンクラブ限定の動画とか、あとはＹｏｕＴｕｂｅに上がってるのと同じだけどミュージックビデオも見れたり……」

「音楽番組の観覧の抽選とか！」

「あー、ファンクラブ枠でそういうのもあるみたい」

侑志の説明に、清光は眸《ひとみ》をきらきらさせている。

年会費五千円でこれだけ清光の気を惹《ひ》けるなら、安いものだ。

「休日の昼間は練習試合が入るかもだけど、夜だったらコンサートに行けるんじゃないかな。チケットの先行発売が分かったらおしえるよ」

侑志がFCに入会したのは『クライム』を好きになったからだが、「清光とライブやコンサートに行けるかも」という算段ももちろんあった。

「やった！　頼む！　そのファンクラブでコンサートグッズとか買える？」

「買えると思う。俺はグッズにはあんまり興味なくて、よく見てないけど……」

「揃《そろ》いのタオルとか首に巻きたくねぇ？　イロチのTシャツ着て行きたくねぇ？」

——そ……その発想はなかった！　ナチュラルに清光とおそろいのものを持てる……！

純粋にグッズを欲しがっている清光に向かって、侑志は別の思惑で頭をいっぱいにしながら、それを隠すまじめな顔で「うん、買おう」とうなずいた。

清光が「やったね！」と大喜びしたので、歌っていた友だちに『おい、そこでイチャついてるバカップル。俺の歌を聴いてないだろ』とマイクで注意されてみんなに笑われた。

侑志は一瞬ひやっとしたが『イチャついてるバカップル』と言われても、清光は「うらやましがらせちゃったな」と楽しそうだ。こういうときに冗談でも否定的なことを言われたらこちらとしては傷つくものだが、清光のキャラに救われる。

そんなかんじで、周囲に『イチャついてる』とたまにからかわれたりするくらいには、清光との距離が縮まった。

「あ……『クライム』のニューアルバムの試聴きてる。全曲じゃないけど、イントロとリード曲と、いくつか」

帰りの電車の中で侑志がスマホの画面を見せると、清光に「えっ、来月発売のやつ？　聴きたい」とせがまれた。

純正イヤホンのジャックをスマホに挿し、イヤーピースの片方を清光に手渡す。清光は左の耳にそれをつけ、侑志は右側につけた。

——これは仲良しの象徴……『イヤホン半分こ』ってやつだ。

帰宅のラッシュアワーで、電車内は混雑している。電車が次の駅に到着すると乗客が増え、ふたりともドア側に身を寄せ合った。拓海や他の友だちは、侑志の背後にいるようだ。

——や、やばい、顔近い。近い近い近い！

ひそひそ話ができそうな距離に清光がいて、侑志は焦った。眉毛、睫毛《まつげ》、鼻梁《びりょう》、くちびる、頤《おとがい》。彼を形成する細胞まで観察できてしまうのでは、という近さだ。

清光は侑志の視線に気付かず、スマホの画面にすっかり注目している。

「イントロ、めっちゃかっこいいな」

くるっとした眸でこちらを向いた清光に突然話を振られて、曲なんてまったく聴こえていなかったのに、侑志は慌てて作り笑いでうなずいた。

清光は侑志の心情になど少しも気付かず、再びスマホの画面に釘付《くぎづ》けだ。

侑志は目線をそっと彼に戻した。

イヤーピースが入った清光の耳。おかしなことに、それがなんだかとてもエロティックなものに見えてくる。その一瞬に下肢がじいんとして、侑志はきつく目を閉じた。

——……変態か、俺は。

危い状況からなんとか生還し、昂《たかぶ》りを落ち着ける。

お年頃の男子高校生は何を見てもエロに結びつける、とどこかの誰かが言っていたが、こういうことか、と我が身で実感してしまった。

身の置き所がない反面、それでもなお、彼をずっと観察していたい。

清光の蟀谷《こめかみ》のあたりに、薄い傷痕を見つけた。小学生の清光を知るよりずっと前の小さな頃に、ケガでもしたのかもしれない。

頬《ほお》の小さなほくろ、二重のまぶた、すっとした目尻のかたちを視線でなぞる。

——こんなに近くで……見てもいいなんて。

ずっと遠くにいた人だから、今でもふと「これ、現実かな」と信じられない気持ちになる。

清光のそんなひとつひとつを目で追ううちに、胸がじわじわと熱くなってきた。何かにひどく感動して泣き出す前のような、そんな情動だ。

──あぁ……すごく好きだなぁ……。

電車の振動で揺れると、その拍子にうっかりくちびるで清光にふれてしまうかもしれない。ふれてみたい。でもふれた瞬間に、何かが壊れてしまうかもしれない。

どっと心臓から熱く滾《たぎ》った血液が送り出されて、侑志は耳まで真っ赤になった。

「……っ……」

密度の高い電車内で、自分の激しい鼓動が周囲にも彼にも伝わる気がする。

いちばん近くで、いちばん知られてはならない清光に気付かれないよう、侑志はとにかく落ち着こうと密かに唾を飲んだ。

今まではそんな『欲望』というべき感情を清光に対して抱いたことはなかったけれど、これは『才能ある同級生への憧れ』では処理しきれないものだ。それがはっきりと分かった。

彼のすべてに侑志の頭と心は浮き立ち、騒がしくさせられる。清光がサッカーをしていようがいまいが、もはや関係ない。

──清光が好きだ。清光のぜんぶが好きだ。

電車の中で唐突に気付いた恋に、頭が真っ白になる。

目が覚めるような激しいサビに入ってようやく、メロディーが耳と頭に入ってきた。

「フェスでめっちゃ盛り上がりそう」

侑志に見せる清光の笑顔は友だちに向ける屈託のないものだ。それをこの先もなくしたくないなら、この想いは秘密にしておかなければ——そう思った。

清光への想いは恋愛感情だと気付いたら、これまでの自分のぜんぶがすっと納得できた。恋じゃないほうが逆におかしいとすら思う。執着といっていいくらい、侑志は清光のことをずっと追いかけてきたし、ここまでの道標《みちしるべ》だった。

——だからって何かを変えたいわけじゃない。

清光とのつきあい方も、関係も、このままでいい。悩んで諦めての結論ではなく、こんなに近くにいるだけでしあわせだからだ。清光とは同じクラスだし、グラウンドでのサッカーの練習中も、こうして清光の姿を見ていられる。

サッカーは通常十一人でプレーするが、今、目の前のグラウンドでは六対六のミニゲーム形式での練習が行われている。清光は攻撃のポジションでピッチ上を動き回っていて、侑志はそれを他のメンバーと外から見学中だ。

——こうしてずっと目を離さずに見ていられるなんてしあわせだ。マネージャーになれてよかった。……わっ、さすが清光。すごい。味方と相手の動きを瞬時に捉えてピンポイントで正確なパスを入れてくる。先読み力もはんぱない。

「一年のあのふたり、やっぱ段チでうまいよな」

「夏のインターハイで目立てばソッコーでＪ1、Ｊ2の内定来るかもな」

侑志の耳に届いたのは、二年生の部員の声だ。彼らが言う『ふたり』は清光と拓海のことで、プロのスカウトが注目している選手やＪリーグに内定した選手の名前が十二月には公表される。そのメインとなるのは卒業を控えた高校三年生だが、一年生でも可能性はゼロじゃない。

「どっちかっていうと拓海が頭一つ出てるかんじする」

「でも清光もすげぇ。あのスピードで走ってて、いつ自分の背後を確認したんだよ。エスパーかよ」

上級生の褒め言葉に、侑志は内心で「一年でレギュラーに入るの当然だよ。ゴールを量産するためにいるトップストライカーだけど、フィールド中盤の選手がフェイントで飛び出したとき、それをフォローするポジションに回ってもうまくこなせるんだよ。そういう『いつ確認したんだよ』っていうプレーがおしゃれでかっこいい」とさらにさんざん褒めた。

他者からの清光に対する称賛が、自分のことのようにうれしい。

妬む気など微塵《みじん》も起きないほど、侑志にとって清光は最高に完璧な、大好きな人だった。

□　2　□

清光《きよみつ》はその後も全国高校総体・インターハイで活躍し、上位チームのレギュラーメンバーのひとりとして『高校サッカー名鑑』に載るなどして、高校二年に上がるとプロのスカウトに声をかけられるようになった。

インターハイの予選を突破して迎えた七月。下旬には全国から勝ち上がってきた高校サッカーチームとのトーナメントが始まる。

「でもさ……本音を言うと、ちょっと迷ってるのもある。大学進学するっていう選択を最初から捨ててるわけじゃないから」

大きな大会を前にした土曜日の練習の帰り道。進路の話をしていたときに打ち明けられた清光の言葉に、侑志《ゆうし》は目を大きくして「プロから声がかかってんのに？」と問い返した。スカウトされたら「謹んでお受けします」以外にないだろうと思っていたのだ。

「……声かけられてるってだけならそれこそ日本中にいっぱいいて、U18で目立ってる選手と並んだら、今の自分の実力がどの辺か、なんとなく見えてくるじゃん。消極的に考えてるわけじゃないんだけどさ、はやばやと将来を決めなくてもいいかなって。現実以上に周りが盛り上がって『何迷ってんの、即決しないの』的なプレッシャーには、ちょっと焦るけど」

ぽろっと清光に打ち明けられて、侑志ははじめて彼が本音をこぼすのを聞いた。

周りは期待するから囃《はや》し立てるだろうけど、大学サッカーや社会人サッカーからプロになる選手だっているし、数年先ではなく十年先を見据えて将来を決めるのも、最終的にその決断を背負うのも彼自身だ。

「先のことなんてクソ食らえ」で、とにかく挑戦することを勇気だとみんなが讃えるのは、結局、結果がついてきたときだけだったりする。結果が出せなければ手のひらを返され、「調子に乗ってたところがある」などと嘲笑されたり叩《たた》かれたり。よくある話だ。

まだ高校二年で、もう高校二年。決断の岐路に立って、迷うのは自然なことだ。

「プロから声がかかっても清光は冷静で、浮かれてなくて謙虚で、俺からしたらそういうところも含めて『清光はやっぱすごい人だなぁ』って思うよ」

しかし清光はその横顔にぎこちない笑みを浮かべている。

「……ぜんぜんすごくなんかない。今のだって弱音だし」

「強いばっかりの人なんていないかな」

気持ちがこもって思わず語気に力が入ってしまった。

侑志の返しに清光は驚いたようで、眸を大きくしている。

「本当はいろいろ胸に詰まってて、抱えてるのに、弱音を少しもはかないのはそんなにかっこいいかな。偉いのかな。周りにいるこっちとしては、それはちょっと……さみしい気がする」

弱音を言葉にできる相手がいて、それを相手が受けとめてくれるなら。清光がその相手に、自分を選んでくれたみたいでうれしい。これからもそうしてくれたらいいのに。

「俺は清光が悩んで考えて決めたことなら、どんなかたちだって応援する」

きれいごとなんかじゃない。

だって好きだから――それは言葉にはできない想いだけど、本心からそう思う。

「侑志は……弱音吐いても許してくれそうな気がしたから、話した」

冗談めいてにっと笑ったあとほっとしたような横顔の清光にそんなことを言われたら、侑志は頬も口元もゆるんでしまいそうだ。

「人生かかってんだから、迷ったり悩んだりするのは当たり前だし。大学進学後にみんなが考えることを、清光は十七歳やそこらで決めなきゃならないなんてさ……俺はまだなんも考えてないよ」

彼を励まし期待してくれる人は侑志以外にもたくさんいる。でももし清光に「若いのに護《まも》りに入ってがっかりだ」と心ない言葉をぶつけてくる人がいるなら、代わりにその矢面に立ってやりたい――それくらい大切に想っている。

するると清光はぽつぽつと話を続けた。

「かーちゃんひとりで俺を育ててくれてるから……いろいろ考えるんだ。親のことなんて考えなくていいよって言ってくれるけどさ」

清光は普段から自身の家庭のあれこれを積極的に話すタイプではないけれど、幼い頃に両親が離婚したというのは聞いている。

——そう言われたからって親のやさしさにただ甘えられないの、清光らしい。

侑志も、サッカー部のマネージャーになることに理解を示してくれた両親に対して感謝の気持ちはあるが、清光はそれよりもっと深い想いで、将来について考えていると感じるのだ。

「でもインターハイのあと『新人戦』『全国高校サッカー』って、大きな試合が続くから、実際は悩む余裕もあんまりないんだよな」

苦笑いしている清光の言うとおり。あんなに行きたがっていた『クライム』のコンサートも夏フェスも、チケットを取る前に試合のスケジュールと丸かぶりなことがわかってあきらめた。

「テストもあるしね」

「侑志は成績いいじゃん。次のテストんとき、点数が取れそうなポイントとか俺にちょっと教えてよ」

「え～……テストって唯一俺が清光にボロ勝ちできるとこなんだけどなぁ」

侑志が冗談めかして言うと、清光は「ボロ勝ちって～！」とヘッドロックのポーズで絡んできた。

「ちょっ……清光、強っ、重っ、歩けないって」

困ったふりで言っても、顔がにやけてしまう。こういうカラミは『男友だち』の特権で、侑志にすればラッキー以外の何物でもない。

「補講とか再テストになったらやばいじゃん？」

夜の二十二時まで練習ができるようなクラブチームではないので、日々の練習時間は限られているし、成績が悪すぎるとそれすら削られてしまいかねないのだ。

「まぁ、たしかに、サッカーの練習時間は削りたくないよな」

清光とテスト勉強……憧れのシチュエーションだ。

「まじめにやります。図書室なら放課後にサッカーの練習とかもできるしさ」

「……うん、いいよ」

侑志が快諾すると清光は「やったね！」とにっこり笑って離れた。

サッカー部の仲間で、友だちでもあって、そして大好きな人。

清光がどんな答えを出しても、これからもずっとこの関係を大切にしよう――侑志はいつもそんなふうに思っていた。

清光のインターハイでの活躍を期待して、侑志も気分が高まっていく夏休み直前に、最悪の出来事が起こった。

インターハイを控えた練習試合の最中に、相手チームの選手に倒された清光がなかなか起き上がらなくて、応援席にいた侑志は血の気が引いた。

診断は『外側靭帯損傷《がいそくじんたいそんしょう》』、つまり足首の捻挫。サッカーでは多いケガのひとつだ。捻挫というと『捻《ひね》っただけで多少無理がきく軽いケガ』だと誤解している人も多いが、本格的に競技復帰するまでに二、三カ月はかかる。

もしも完治していない状態で激しいスポーツ活動を再開すると、損傷部分の不安定さや筋力低下などから同じ箇所を再び捻挫したり、無意識に庇《かば》うことで別の箇所に負担がかかり、新たな不具合や、別のケガを招いたりする。甘く見て対応を誤ると、後遺症がいつまでも残存してしまうため無理は禁物だ。

これまでケガとは無縁だった清光にとって、この捻挫がはじめてのスポーツ傷害だった。だから侑志は捻挫そのものより、復帰後に清光が無理をしないかのほうが心配で、ますます清光ばかりを目で追った。彼の走りや動きが気になり、見守っていた。

それは０・５秒にも満たないくらいの、ほんの一瞬。

何かの拍子にかくっと足の力が抜けるような感覚になる――侑志は捻挫から同じ状況に陥った同級生を見たことがある。

「痛みだけじゃなくて、違和感とかもない？」

練習終わりに侑志が訊《たず》ねると、清光は「だいじょうぶ」と答えた。

「整形外科の先生にもOK貰ってるし」

ケガの具合は本人にしか分からない。医者の判断があり、本人がだいじょうぶだと言っているのに、それ以上しつこく確認するのは憚《はばか》られる。

清光は一日も早く競技復帰しなければと焦っていたのかもしれない。夏のインターハイの試合にまったく出られなかった分、十二月に開幕する『全国高校サッカー選手権大会』で「巻き返さなきゃ」と言っていたのだ。

いくら体幹を鍛えていても、しっかり踏ん張れないと倒されやすくなるし、傷害を庇って不安定な着地になったりすれば、もっと大きなケガをする。

そしてそのあと、侑志が心配したとおりのことが起こってしまった。

清光は、『全国高校サッカー・東京予選』の試合中に、今度は膝前十字靱帯断裂と半月板損傷の大ケガを負った。ゴール間際で相手選手とぶつかった際に、無理な体勢で着地したのだ。

清光は病院に搬送され、侑志はすぐにでも傍に行きたかったが、断裂した右脚の手術が終わるまでは家族以外は面会できないととめられていた。

「手術は無事すんだ。あと一週間ほど入院して、そのあと……半年から一年ほどリハビリが必要だそうだ」

手術翌日、コーチからの報告と説明に、侑志はもちろんのこと、サッカー部の全員が言葉を失った。

「半年から一年って……」

茫然《ぼうぜん》とした表情でつぶやいたのは拓海《たくみ》だ。

「こういう場合、多く見積もって言うものだろうけど。プロ選手の事例を調べてみても、競技復帰に術後八カ月、人によっては一年かかってる」

それはもしかすると、高校でのサッカーがいっさいできないまま卒業……も、充分あり得ることを意味している。だけどその前に、競技より日常生活に戻ることが最優先だ。

「清光に会えますか」

拓海の横顔はこわばり、蒼白《そうはく》になっている。侑志は少し離れたところからそれに気付いた。拓海にとってはプロを目指して競うライバルだが、前のクラブチーム時代からともに闘ってきた、いちばんつきあいが長い仲間だ。

「術後は元気そうだったし、ご家族からは見舞いを遠慮してくれとも言われてないが」

「戻ってくるまで待ってるって、直接会って言いたいです」

しかしサッカー部員が四十数名、全員で病院に押しかけるわけにいかない。三年生の「とりあえず病室に行くのはレギュラーだけで」の言葉を遮ったのは拓海だった。

「すみません、侑志も入れてください。同じクラスで、あいつと仲のいい友だちなんで」

言いたいことを代わりに進言してくれた拓海に侑志が端で「ありがとう」と小さく礼を告げ

ると、彼は口を開きかけて、言葉を呑み込むようにただうなずいた。

一般的にはインターハイが終わると三年生は部活を引退するが、スポーツ推薦で大学進学を決めたメンバーは、普段の練習や冬の『全国高校サッカー』にも出場するため部に残っている。

年功序列で上下関係の厳しい部活動だし、侑志はマネージャーなので、あのとき拓海が「侑志も」と言ってくれなければ、こんな早いタイミングで清光を見舞えなかったかもしれない。

コーチから報告を受けた日の夕方、少し早めに練習を切り上げて、『全国高校サッカー』のレギュラーと侑志で、清光が入院している病院を訪ねた。

病室に入ったとき、清光の目が赤いことに、おそらくそこにいたメンバー全員が気付いたはずだ。

清光はリクライニングを軽く上げたベッドに横たわっている。

「わ、来てくれたんだ……ありがとう。大会前で貴重な練習時間なのに……」

それでも笑顔の清光に、キャプテンが代表するかたちで言葉をかけ、スマホで『お見舞い動画』を見せた。学校のグラウンドで、サッカー部全員で清光を励まそうと撮ったものだ。

「来年のインターハイは無理でも、次の『全国高校サッカー』には出られるかもじゃん」

「そういうプレッシャーかけんなって。まずは完全に治すこと考えて、な?」

部員がそれぞれの思いを口にする中、ただのマネージャーである侑志は、控えめに清光の足もとのほうに立ってその様子を見守っていた。

「ほんと急に運悪くなったよな」

誰かのひと言で、病室はしんとなった。

そう発言したのは三年生で、キャプテンが「おまえ」と諫《いさ》めると、「え、今のだめ?」と半笑いになっている。その部員は以前から少々気遣いがたりない物言いが目立っていて、悪気はないのかもしれないが、笑えない場面でもへらっとしてしまうタイプだ。

「今までだって『運が良かったから』ここまでこれたわけでもないと思います」

いつもは言葉数がそう多くないし、普段なら聞き流していたであろう拓海が、低い声でぼそっと言い返した。年下の部員が年長者に反論したため険悪な空気が病室に広がり、周りの部員が「これはやばい」と目配せしあっている。

「そういう意味で言ったんじゃないけどさぁ……ケガが続いて運悪いなって」

同じ発言を繰り返したものだから、拓海は顔を険しくして、今度はその弁解を無視した。

すっかり場の空気が悪くなり、みんなが焦っていると、清光が「いや、うん、だいじょうぶ!」と明るい声を上げて続けた。

「せっかく捻挫から復帰したのに、また……もっとたいへんなことになっちゃったし。あんな当たり方してさ……ほんと、運が悪かったんだよ。押されても倒れないように体幹を鍛えてたはずなのになぁ。先輩たちにも、みんなにも、心配かけて、迷惑かけて、すみません。がんばって治します」

前向きな清光の言葉に、みんながほっとした表情を浮かべる。

いつもの清光にも見えるけれど、侑志は彼の様子から目が離せない。

どことなくぎこちなさを感じる笑み。本当にリラックスしたときの清光の笑顔を知っているから、無理に作った表情だと分かるのだ。

「あの試合、ボロ勝ちしたから。『プレー中のケガは仕方ない』っていわれるけど、あっちが強引なプレーしたからだろって、むかつくのはむかつく」

拓海が悔しそうに、清光がケガをした『全国高校サッカー・東京予選』準決勝の結果を報告した。最終的に予選Aブロックで優勝し、全国大会へ駒を進めたのだが。

「応援に来てくれてた女子が全員ドン引きするくらいの、こーんな鬼の形相の拓海がひとりで四得点したからな」

キャプテンが拓海の顔真似《かおまね》をして、みんなが「拓海、モテなくなればいい」と笑い声を上げる。清光も一緒に笑った。

病室で騒がしくするのはだめだ、とコーチにも何度も念を押されていたのもあり、キャプテンが「うるさいからそろそろ帰ろうか」と周囲に声をかけた。

ない。

「清光が戻ってくんの、待ってるから。リハビリがんばれ」

拓海が最後にそう励ますと、清光から笑みが霧散し、眸を揺らした。その目は拓海を見てい
「……おう……俺もがんばるから、もう、みんなもお見舞いは今日で最後にして。ちょうど期末テスト前だろ。練習も、試合も、がんばって」

最後にして——その言葉に、それまで笑っていた部員たちが戸惑い、顔を見合わせる。侑志も背中に冷水を浴びせられたような心地がした。

「みんなの練習の時間、身体を休める時間を、俺のために使わないで。それはそれで、つらくなるから」

上掛けの上でこぶしを握り、その声は少し震えている。感情の整わない複雑な表情で、目線は白い上掛けに落ちている。

きっと、言った傍から、清光は後悔しているに違いない。こんなことを言いたいわけじゃないだろうし、でも、彼の本心でもある。

誰かが悪いわけではない。誰も責められない。

行き場のない怒り、虚《むな》しさ、悔しさ、不安、そんな清光の揺れる感情が、侑志には手に取るように伝わった。

結局、『全国高校サッカー』のレギュラーじゃない侑志は、サッカー部の仲間としては何も声をかけられないまま、清光の病室をあとにした。

清光の病室を出て、あとは帰るだけの部員はみな、しんと静まり返っている。

「……見舞いそのものが早すぎたかな……」

「でも、仲間として居ても立ってもいられなかったし」

ぽつぽつと話す部員の言葉に、周囲のメンバーがうなずいている。

みんなで励ますことが清光のためになり、元気付けるものと信じていたから、逆につらい思いをさせてしまったのがショックだった。

病院の自動ドアを出た辺りで、侑志は立ちどまった。

「あの、俺はここで」

侑志の声に、暗い表情の拓海が振り返る。無言でこちらを見つめるが、何か言うでもなく、ただ「うん、じゃあまたあした」とあいさつしたので、みんなとはそこで解散した。

もう陽《ひ》が暮れた病院の、誰もいないロビーの長椅子に、侑志はひとりで座る。

頭の中に泥濘《でいねい》を詰め込まれたみたいに、今の自分の考えを纏《まと》めきれない。

——ここから、帰りたくない。

ただ、清光の少しでも近くに、傍にいたいと思う。もう来るなと言われたけれど、「はい分かりました」とは割り切れなかった。

病室で清光とひと言も話せなかったから、自分の気持ちを伝えたいだけかもしれない。一方的な押しつけのようなそれを、今の清光は望んでいないだろう。

――でも、でも。サッカー部の部員としてじゃなくて。俺は……。

友だちとして、傍にいちゃだめだろうか。

本当に、清光をひとりにしていいんだろうか。

しかしそれは自分の独りよがりな感情のような気がして、居残ったのに、ここから足が動かない。

――清光。清光。清光。

ずいぶん長い時間、侑志はただそこにとどまり続け、ひとつ決意してようやく立ち上がった。


翌日、いつもどおりサッカーの練習が終わり、侑志はその足で清光が入院している病院へ向かった。病院の面会時間は二十時までだ。サッカー部は十九時までに練習を終了してグラウンドを出ること、とされているので、見舞いに行ける時間が限られている。

担任教師に「清光に渡すべきプリントはないか」と半ば無理やりにねだって、「今日じゃなくても」と言われながら、なんとか『冬休みの補講プログラムの申請書』をもぎ取った。補講のことなんて考えられる状態ではないだろうけれど、学校を休む分の勉強が遅れるし、おそらく必要になるものだ。

清光はあいかわらずサッカー最優先で勉強など二の次なので、テストの結果や成績については、侑志は彼に負けたことがない。

病室に入る直前、ほんの少しためらった。「来るなって言っただろ」と追い返される夢を見たし、自分の行動で清光を傷つけたくはない。

意を決して中を覗《のぞ》くと、きのうと同じようにベッドに横たわる清光と目が合った。

清光は目を少し大きくしただけで、無言だ。

「よっ」「おっ」は軽すぎるし、「こんにちは」は他人行儀すぎる。かける言葉が見つからない。だから侑志はとくに何も発することなく、すすすっと、清光のすぐ傍まで歩み寄った。

清光は目を瞬かせている。「お見舞いは今日で最後にして」と告げた翌日に、まさかサッカー部員が見舞いに来るとは思わなかったのだろう。

「この椅子、座っていい?」

ここへ来るのなんて当たり前のように、侑志はベッドの傍に立てかけてあったパイプ椅子を指してそう問いかけた。

清光は面食らったまま、返事をしない。結局、彼の了解を得ることなく言い訳も弁解もしないで、侑志はパイプ椅子を清光のベッドの横に出して座った。

たものだ。

言うに事欠いて、病院どころか病室を出ていないはずの清光に、いきなり本日の気候について同意を求めてしまった。その直後に「あ」と気付いた侑志に、清光が「知らねぇわ」と呆《あき》れたように笑う。でもそれはいやな笑いじゃなくて、「おまえバカだな」というような気の抜けたものだ。

「今朝は霜が降りててさ、朝練のとき、学校の手前の階段のところでつるって滑って」

「ケガすんなよ……って俺に言われたくないだろうけど」

デリケートなところにいきなりふれる話題を振ってしまった。

焦る侑志に、清光がとうとう破顔する。

「傷口、抉《えぐ》りに来たの？」

「ち、違う、プリント……冬休みの補講の。清光、今度の期末テスト受けれないかもしれないし、そしたらもう補講後に再テストか、冬休みの補講が確定するだろ」

彼が自虐的に言った『傷口』についてはとくにコメントせずに、担任からもぎ取ったプリントを出すと、それを受け取った清光は苦笑いした。

「今この状況でも、補講のこと考えろって？」

「だってこれ、どうせ考えなきゃいけないし。それは忘れてた、ってなるより、いいかなって。授業の遅れた分は、俺が教えてやる」

あえて上から「教えてやる」と告げた。それを清光は笑っている。

「俺、来るなって言ったよな」

清光の声はおだやかで、表情はフラットだ。

分かっていた。清光は今、本当に放っておいてほしいし、ひとりになりたいのだろう。誰にもふれられたくないと毛を逆立てる猫のようだ。どこにもぶつけようがなくて憤っているのに、感情をなんとか抑えているだけ。

侑志は胸がぎゅっと捻《ねじ》れる心地になったが、萎《しぼ》みそうになる気持ちを奮い立たせた。清光の傍にいることを決意して、ここへ来たのだ。きのう清光に突き放されたままでいい、待てばいいとはどうしても思えなかった。

清光にとってははじめての傷害、今度はそれよりもっと大きなケガを負った。みんなが応援してくれる、待っていてくれると分かっていても、一年ものリハビリを言い渡されて、不安じゃないはずがない。より明るい方へ前進する仲間を見ていれば、置いてけぼりの気分で、さみしくだってなるはずだ。

「うん……今はひとりになりたいかもしれないけど……いろいろいっぱい考えたあとって、それを誰かに話したくなるもんじゃないかなって。一晩中、もやもやと考えたことが正解なのか、もっと迷ってもっと考えたほうがいいのか、誰かに、話が分かりそうな人に、訊《き》きたくなるもんじゃないかなって。俺は同じサッカー部だけどマネージャーだし、清光のクラスメイトで友だちで、そういうのにちょうどいい気がするんだ」

　今はそのときじゃないことも分かる。でも、ひとりになってもひとりじゃないと、知っていてほしい。だってこれから始まるリハビリだけの一年は、気が遠くなるほど長い。

　侑志は、無言の清光に向けて続けた。

「今日じゃなくていいんだ。俺、毎日来るよ。話したくなったときに、誰か傍にいないと……だって……独り言になっちゃうだろ」

　最後の言葉に、清光が目を丸くして、「ぶはっ」と噴き出した。

　清光はそのまま「独り言って」と声を上げて笑う。

　おかしな締め方だったけれど、清光が本気で笑ってくれたからいい。

「たしかに、独り言になっちゃったら、怖いな」

　笑った清光を見て、侑志もほっとしてほほえんだ。

「……あぁ……なんか、笑ったら気が抜けた」

　逆立てていた毛が凪《な》ぐように、清光の身体から緊張を伴う膜がすっと霧散したように見える。

　清光は目を閉じて天井に向かってふぅと息をはき、ゆっくりとまぶたを上げた。

「ごめん、俺……きのうも、ぴりぴりしてて。感じ悪かったよな……そうならないようにしたかったんだけどさ……。俺ちっちぇわ～って自己嫌悪。こういうトコだよ、最後の踏ん張りが足りないトコ」

「ううん……清光のケガのこと、拓海も他の部員もみんな動揺してたんだ。みんなも、お互いの気持ちを分かってると思うよ」

仲間としてお互いを思い遣《や》っている。それぞれが今すべきことをがんばるしかないということも、分かっている。

「期末テスト前で、あしたからサッカーの練習時間が短縮されるんだ。今日はもうあと十五分くらいしかないけど……、あ、そうだ。これはクラスのみんなから」

今日、侑志が見舞いへ行くと知ったクラスメイトが、帰り際にみんな集まって黒板に応援の言葉やイラストを添え、それをバックにスマホで写真を撮った。

「……ありがとう」

「清光のスマホに送る」

侑志がスマホを操作して送ると、清光は受け取った画像を静かに眺めている。

「俺さ……サッカーのスポーツ推薦でうちの学校入ったんだ……知ってるよな？」

清光がぼそりとした声で話し始めたので、侑志は彼のベッドに肘をついて少し近付いた。

「うん。うちのコーチがプッシュしてスカウトされたって、知ってる」

「だから授業料とか免除してもらってんの。サッカーで必要な備品も、クラブチーム並みに面倒みてくれるっていう条件で。うちの母親も、その制度に助けてもらってるって喜んでる。それなのに、まともにサッカーできたの、一年間だけ。二年生の夏前にはケガしてインターハイの本戦に出られなくて、復帰してすぐの試合でこんな……」

清光の言いたいことは分かる。責任感の強い彼は「だってケガしたの俺のせいじゃないし、仕方ないじゃん」とは思わないだろう。

「俺、サッカー部、辞めるべきかな。試合にも練習にも出られないのに、部費と授業料を、ただ搾取してるだけだろ」

「そういうふうに考えちゃうのも分かるけど……」

サッカーのスポーツ推薦で入学しているので、サッカー部を辞めるということは、つまり退学につながる。でもサッカー部に在席さえしていれば、退学を免れるはずだ。しかし、肝心のサッカーでまったく活躍できないと清光本人が思っていて、それを享受できるような性格じゃない。

「プロへの道は閉ざされたなぁ……。スカウトの人からも最初のケガから連絡ないし」

声かけられてるってだけならそれこそ日本中にいっぱいいる、と清光は言っていた。玉石《ぎょくせき》混淆《こんこう》で数多《あまた》いる中から、磨けば光る石なのか見極め、篩《ふる》いにかけて、才能ある選手だけがプロとして採用される。ケガは不運だけど、運も実力のうちだというなら、それも事実なのだろう。

「大学とか社会人からだって、チャンスはあるよ」

「なんかさぁ……俺……サッカー以外の人生っていうのも考えるんだ。ちょうど時期的に大学受験をどうするかっていうのもあるし……」

堰《せき》を切ったように清光は今日までに悩んでいたことを話し出したから、きっと昨晩もいろいろひとりで考えたのだろう。

「でも清光……まずは治すことだけ考えよう？」

侑志がそう励ますと、清光はややあってうなずき、小さく息をついた。

「侑志が、『痛みだけじゃなくて、違和感とかもない？』って訊いてくれたことあったじゃん。ほんとは……違和感あったんだ。ちょっとしたときに痛みもあったし。でも『これくらい』って軽く見てた。何より、早く復帰して実績積まなきゃって……焦ってた」

「……うん……」

「だからほんとはさ、全力で走るのも、怖かったんだ。怖いなんてそんなの選手として終わってるだろ……でもそんなこと言ってられないって鼓舞して、あのザマだよ」

「…………」

「はたから見てて、分かってた？」

好きだから、ずっと見ていた。だったらもっと強く、気付いていた自分が彼をとめるべきだったのだろうか。

「……うん」

自身の中にあった後悔で、侑志も自分を責めていた。

とめられる位置にいたのに、彼のサッカーへの情熱を削《そ》ぐ気がして遠慮したのだ。

侑志が俯《うつむ》いてうなずくと、清光がその頭にぽんと手をのせてきた。

「ごめんな」

いちばんつらい状況にいるはずの清光に頭をなでられ、だけど自分が泣く権利はないから、奥歯を噛《か》んでこらえた。よしよしとされて、それに対するうれしさと、ケガをしている彼になぐさめられるという状況で、整理しきれない感情が激しく波立つ。

「お……俺のことは、いいよ。清光はサッカー復帰よりまず、日常生活がちゃんとできるとこまで戻れるように。いろいろ考えて焦るだろうけど」

清光の手が離れて、これ以上どきどきしなくてすむからほっとしたような、もっとさわってほしいから残念な気持ちにもなった。

「あしたから理学療法士さんが来てくれて、マッサージとかしてくれるらしい。そのあと歩行訓練が始まる」

「退院したら、しばらくは松葉杖《まつばづえ》だよな。松葉杖の間はつきそい必須で、お母さんだってその間ずっと仕事を休むわけにいかないだろうし、俺、通学とかもいろいろ手伝うよ」

「通学を手伝うのは無理だろ。路線違うし」

松葉杖が必要なのは短くて二週間、長くて四週間くらいだ。ネットで調べた。そのあと独歩が可能になる。

本当は家まで送り迎えしたい。でも朝と放課後はサッカー部の練習があるし、恋人や家族でもないのに世話をやきまくるのが、どこまでなら『普通』なのか自分では判断しかねる。

「あのさっ、松葉杖の間だけ、うちに泊まる?」

「え?」

咄嗟に思いつきを口にして、清光以上に侑志自身も内心で「ええええええっ」と驚いた。

「えっと、ほら、清光んちは通学に一時間、渋谷《しぶや》乗り換えで交通アクセス的にすごくたいへんだろ?　この病院は学校の近くだし。うちは学校まで電車一本で来れて、駅から自宅まで歩いて五分以内だ。清光のお母さんだって、働いてる間に清光が家にひとりだと心配するよ。ほんとにその松葉杖の二、三週間だけでもさ」

清光はぽかんとしている。当然だ。恋人や家族でもないのに、と考えておきながら、とんでもなく差し出がましいことを願い出ている気がする。

「他の誰かに頼むんだったらさ……。うちにいてくれたら、送り迎えする俺もラクだし」

すっかり自分が送迎するていで話してしまっているが、想いが先走ってもう口がとまらない。

でも自分がやらなきゃ他の人がその役割を担ってしまうかもしれない。男でもいやだけど、それが女の子だったりしたら、もっといやだった。

「え……それ、親に話したの?」

「えっ?　話してないけど」

またしても清光は「ぶはあっ」と盛大に噴いた。

「いやいや。親に相談もしてないのに、ここで勝手に話進めてんのだめじゃん」

「そ、そうだけど、でも話せばたぶんだいじょうぶだと思う。中学んとき、ホームステイのアメリカ人を一週間泊めたことあるし」

「……ケガ人を預かるのを、ホームステイと一緒にする？」

「言葉が通じない外国人を受け入れたし」

「そこっ？」

なんだかズレている侑志の発言がよほどおかしかったのか、清光はずっと笑っている。

「ユウ、最高。もうなんか……何をうじうじしてたのか、忘れそうっ……」

清光は腹を抱えて笑いながらそう言って、「いててっ、傷に響く」と顔を歪《ゆが》ませたので侑志は慌てた。

「清光、だいじょうぶっ？」

侑志が寄り添って顔を覗き込むと、しかめっ面のままで「もう笑わせんのやめて、まじで」と清光が懸命な笑顔を見せた。痛みがあるのに侑志に心配させまいとするその表情にきゅんとくる。清光のことを漫画の中のヒーローみたいに感じるのは、こういうときだ。

これだけでも頭の中身がぱあんと弾《はじ》けそうなのに、さらに驚くことが起こった。

「ユウ～」

いきなり清光が抱きついてきたのだ。侑志は瞠目《どうもく》し、激しく動揺した。

「き、きよっ、……」

「ありがと、侑志。その気持ちだけでうれしい。俺も、泣くより笑っていたいよ」

友だちとしての抱擁――それは分かっているけれど、侑志はどっと弾ける驚きと歓《よろこ》びを処理しきれず、目を回して倒れそうだ。

「……笑わせようと思って来たわけじゃないんだけど……」

「侑志のそういうとこがいいの」

ほっとしたようなやわらかな声が耳元で響いて、侑志は胸をきゅうんと絞らせながら、たまらなくときめくのを嚙みしめた。

――清光がたいへんなときに、こんなに死ぬほど歓んでてごめん。

どさくさに紛れて、とても悪いことをしている気分だ。

「試合以外でハグしたのはじめてだ」

短い抱擁のあと、清光がそう言うので、侑志はまた内心で飛び上がるほど歓んだ。

「何これ、青春？　はずかし～」

清光は俯いた顔を両手で覆って、本当に照れくさそうにしている。

だから侑志も一緒に、同じ意味のふりをして笑った。

口から出任せの「松葉杖の間だけ、うちに泊まる?」が、少し違うかたちで実現してしまった。侑志が清光の家に泊まることになったのだ。

清光の母親は会社員で、清光が登校するくらいの時刻から出勤している。入院中は仕事の休憩を利用し、清光の病院へも通っていた。清光のために女手ひとつでがんばっている、そういう母親だ。

退院後の最初の一週間は、清光の母親が仕事を休んだり調整するなどやりくりし、清光はその間は登校しないで自宅で勉強、週二〜三回の通院でリハビリを受けていた。

明日はいよいよ退院後の初登校だ。侑志は清光と一緒に登校するため、前日に登永家《とながけ》に前乗りした。登校後は、清光ひとりで期末テストを受ける。加えて冬休み中に補講が行われる予定で、二学期もみんなと一緒に修了できるよう取り計らってもらった。

リハビリのほうも順調なようだ。

これまで清光がまじめにリハビリをこなしてきたのはもちろんのこと、まだ十七歳と若く、スポーツマンとしてもともと普通以上の基礎体力があるので、あと二週間ほどで独歩可能だろう、というのが担当医の見解らしい。

そういうわけで、登永家でのお泊まり期間は今のところ二週間を予定している。

清光の母親が用意してくれた夕飯を囲んで、これまでのリハビリの様子も含め、清光の今の状況を報告してくれた。

「侑志くんが来てくれたから、学校へも安心して送り出せるよ。普通でも学校まで行くのに片道一時間かかるし、たいへんなのに、ごめんね。ほんとにありがとう」

清光の母に礼を告げられて、侑志は「俺が心配で……そうしたかったんで」と笑顔で返した。

その一時間余りを「清光だいじょうぶかな。途中でこけたり倒れたりしてないかな」とはらはらして過ごすくらいなら、彼の傍にいて手助けするほうがよっぽど建設的だ。

「あしたの期末テストの勉強も、侑志がつきあってくれたし」

「えっ、あれで終わったつもり？　まだぜんぶ終わってないよ」

侑志が横目で見て言うと、清光はごはんをもりもり食べながら「リハビリの先生より鬼厳しい」と笑った。

「侑志くん、無理しないでね」

「いえ、ぜんぜん。清光と一緒にいれて楽しいから」

気を使ってくれる清光の母に笑顔で答えるが、少しだけ胸が痛い。

侑志自ら「俺にできることがあればなんでもやらせてください」と申し出たのは友だちの身体を思い遣ってというのも本心だが、好意が根本にあっての親切であって、このポジションを他人に譲りたくない独占欲だと自分が分かっているからだ。

「リハビリが順調だからこそ、独歩の許可が出るまでは油断できないね。受傷したほうの足に体重をかけず、足先を軽く地面につける程度に……だったよね」

侑志が確認すると清光の母がうなずいた。

「でもすぐ調子に乗るから。分かってても、なんとかひとりでがんばろうってしがちだし」

清光の母がそう言って懸念するのを、侑志もほほえんでうなずきながら引き継いだ。

「これくらいなら……って感覚で、つい無理しちゃうんですよね。そうならないように俺が傍にいるわけだし、遠慮なく頼ってよ、清光」

松葉杖ではかばんを持つのも危険だし、何をするにも毎回人に頼むのはたいへんだ。いちいち「これを誰に頼もう」と逡巡《しゅんじゅん》しなくても、「そばに侑志がいる」と思ってもらえたらいい。

「うん。侑志のこと頼りにしてる！」

肩を引き寄せられ、そこをぽんぽんとはたかれて、侑志は頬をゆるめた。

あの病室でのハグ以降、仲がいい友だち同士のスキンシップが増えたのもうれしい。

清光の家でのはじめての夕飯、入浴のあとは、清光の部屋で期末テストの追い込みをして、早起きしなければならないので少し早めに寝ることにした。

清光のベッドの傍に敷いたふとんで侑志は眠る。

――清光の部屋で、一緒に並んで寝るなんて。小学生の俺に教えてやりたい。

今日夕方に清光の家に着いて、いろいろと慌ただしかったので「清光の家だ……」とゆっくり感慨深くなる暇もなかったが、こうしてふとんに横になるとそんな感情がどっと押し寄せてきた。

「ユウ、寒くない？」

「ぜんぜん。ふかふかであったかいよ」

清光がいるベッドとは段差があるので、侑志からは彼の表情は見えない。でも、そちらのほうを向いて答えると、ベッドの端からにょきっと清光が顔を覗かせた。それが渾身《こんしん》の変顔だったから、油断していた侑志は噴き出した。

「なんなんだよ、もう〜その顔、意味分かんないし」

清光は楽しそうににんまり笑って侑志を見下ろしている。

「侑志さぁ……なんでここまでしてくれんの？」

上から降ってきた問いに、侑志は瞠目した。清光は薄くほほえんでいる。

――……もしかして、バレてる？

あまりにも想いを込めすぎていたために、さすがに気付かれてしまったのだろうか。

「なんでって……だって、友だちだろ」

「たしかに友だちだけどさ……だけど、ここまでしてくれる人ばっかじゃないと思うんだ。冬の『全国高校サッカー』の時期でもあるし。だからって、手を貸そうかって言わない人は冷たいなって思ってるわけじゃないよ？　でもこんなときに、こんなふうにぐいって行動してくれる侑志ってすげぇなって、男前だなって……」

手を貸したいと思っても、それを申し出る勇気がない人はきっといっぱいいる。電車やバス中で「席を譲ります」と言い出せず、気持ちがあっても行動できないのと同じように。

——手を挙げる人は自分以外にいるかもしれない。ぐずぐずしてられないと思ったから。

「べつにすごくなんかないよ。俺が『全国高校サッカー』のレギュラーだったら無理だっただろうけど。こんなときこそマネージャーの俺の出番じゃない？」

清光はベッドの上からおだやかな顔で侑志を見下ろしている。

だから侑志はひとつだけ、この想いの根っこにあるものを、清光に伝えたくなった。

「ちょっとくさーいこと言っていい？」

「えー、何？」

その「何？」の言い方も好きだ。にっと笑った顔も好きだけど、その柔らかな笑顔も好きだ。

「……清光は……俺にとって大切な友だちで、輝ける星なんだよ。きらきらしてんの。そういうのって、ずっと見ていたいし、護りたいって思うだろ」

清光はぱちぱちと瞬いて、やがて口元をゆるませた。

「……めっちゃてれくさい。俺そんなすごくないよって思うけど……でも、うれしい。ありがとう」

清光が、こんな侑志の想いに報いたい、と思ってくれたらいい。

清光が手を伸ばしてきて、侑志もそちらへ手を差し出した。

きゅっと摑《つか》まれる。心ごと。

「リハビリ、がんばるよ」

つないだ手をつたって甘い痺れが胸に下りてくる。清光になら身体をぜんぶ喰《く》いつくされてもいいな、と思えるくらいに甘美で、それはもう快感に似ていた。

——俺のこういうよこしまな感情は、スキンシップの副産物とかオマケみたいなものってことで、大目に見てほしい。でも、清光の身体を護りたいってのは本心だから。

今度こそ後遺症のないように完治してほしい。

サッカーができるできないにかかわらず、人生は長いのだ。その長い人生のうちのたった数週間を大事にしてほしい。

独歩のあとのリハビリはもっと長くつらいものだろうけれど、最初の松葉杖での数週間を乗りきれたら、清光ならあとは自力でがんばれるはずだ。

——清光が大好きだから。歩いたり、走ったり、そんなあの日までは普通にできてたことを、清光がまた普通にできますように。

祈るような気持ちで、侑志は清光の回復を心から願っていた。

リハビリは予定どおり進み、清光は松葉杖なしで二学期の終業式を迎えた。

きのうはじめて独歩で登校し、歩行に時間はかかるものの自宅から学校、病院へもひとりで問題なくたどり着けることを確認できた。だから侑志は今日、自宅へ帰る。侑志のお泊まりも延長なしの二週間で終了だ。

「補講はあしたからだよな？」

「今日は午後からリハビリ行ったら終わり」

「じゃあ俺は清光とお昼食べてから帰るわ。清光はそのあと病院行くだろ？」

教室でそんな話を清光としていたら、拓海やサッカー部員がぞろぞろと集まった。

「清光、侑志。来週から全国大会が始まるけど、ぜんぶ勝つから」

力強く断言する拓海に、清光はぱっと笑顔になって「おう」とうなずく。あの病室で見せた苦虫を噛むような表情とは違う、晴れやかなものだ。

「決勝しか見に行かないからな。俺も、みんなと一緒に闘ってるつもりでがんばるよ」

清光も挑戦的に返すと、拓海がうれしそうな悔しそうな、複雑な笑みを浮かべた。拓海は清光とのツートップで闘いたかったに違いない。

それからみんなでわあっと団子状態でハグをして、互いの健闘を誓い合った。

□ 3 □

高校二学年を無事修了し、春休みに入った。サッカー部はカップ戦、リーグ戦と忙しい頃で、レギュラーに選ばれなかったメンバーは通常練習を行っている。

清光《きよみつ》は独歩が可能になると、行動範囲がいっきに広がった。

通院でのリハビリは週二回、あとは自宅等でまじめにメニューをこなしていく必要がある。リハビリをサボるサボらないも本人次第だ。

清光はサッカー部の練習や試合にはいっさい顔を出さない代わりに、まじめにリハビリに取り組んだ。治るまでは中途半端なことをしない、戻らないという、清光なりのけじめなのだと思う。

変化は他にもあって、勉強の時間が増えたために清光の成績が上がった。清光はそれを「侑《ゆう》志《し》のおかげ」と言ってくれるけれど、もともと侑志の成績がアップしたのはじつは清光の存在があったからだということを彼は知らない。

今日、侑志は午前中のグラウンドでの通常練習に参加し、そのあとは午後から清光のリハビりにつきあって、今は「ふたりで気分転換にどこか出掛けよう」と乗った電車の中だ。

混雑した電車では、身体《からだ》を安定させるために清光をドア付近に立たせる。

「なぁーユウ、俺ちょっと太ったよな？」

いきなり清光に腹を見せられて、侑志は内心で「うっ」と胸を高鳴らせた。

――生腹筋かっこいい！

筋肉が落ちたとはいえ、もともと侑志が羨ましくなるほど漢《おとこ》らしくて綺麗《きれい》なスポーツマン体型だ。侑志は目の毒とばかりにそっと顔を背けた。

「まぁ……リハビリをがんばってるとはいえサッカーやってるときと同じ運動量ってことはないだろうし……でも見てればそれなりに食ってるみたいだし……」

清光はサッカーを休んでいる今だけ『スイーツ解禁』している。とはいえ、むちゃくちゃ食べるわけじゃないのだが。

「うわー、まじでっ？　抑えてるつもりだったんだけどなー。これはあれだ、侑志がうまいパンケーキとかふわふわドーナツとか、甘い悪の道に俺を誘うからだ」

「誘いについて来なけりゃいいじゃん」

「ああっ、そういうこと言うっ？　だいたいさ〜、侑志はこじゃれたスイーツとか、コンビニのお菓子はどれがうまいとか、なんかやたらと知ってるよな。女子か」

「さんざん一緒に食っててよく言うよ」

侑志はスマホを操作し、これから向かう店の場所をチェックした。

清光は健常者並みにさくさくと歩けるわけじゃないし、なるべく階段が少なく、エレベーターやエスカレーターなど設備が整っているルートを選んでおきたい。

「今日はハイカカオ・フォンダンショコラの店。清光はいつもただついてくるだけだから気付いてないだろうけど、いちおうカロリー控えめとかシュガーレスとか、ギルティフリーのスイーツを選んでるの」

「ギルティフリー！　よし、覚えた。また俺の女子力がレベルアップしたね」

プロレスのリングアナみたいに「ギルティフリー」をコールする清光の悪乗りに、侑志も肩を震わせる。

「侑志、いい彼氏だわー」

「えっ？」

「今スマホで調べてくれてんのも、あれだろ、最短バリアフリールート。こんなふうにいつも目新しくてうまいもんおしえてくれて、至れり尽くせりでさ。これだけ侑志に甘やかされたら、俺もうひとりで生きてけないかもしんないわー。これ責任取ってくれんのかな」

「はいはい、責任取ります」

清光に一生傍《そば》にいてくれと言われたら、歓《よろこ》んでそうするのだが。

口説かれているのかというくらいの軽口を、侑志は「戯《ざ》れ言、戯れ言」と頭で唱えながら聞かなければならない。清光はもちろん口説いているわけじゃなく、あくまでも仲のいい友だちとして言っているのだ。だから侑志も軽口で返す。

検索作業に勤《いそ》しんでいると、「侑志、まじありがとな」とさっきまでと違う声色で清光がつぶやいたので、侑志はスマホに落としていた目線を上げた。清光は電車のドアに寄りかかったまま、愛《いと》おしいものでも見るような目でこちらを見ている。冗談みたいな口説き文句より、侑志はよっぽどその表情にどきっとさせられた。

「侑志のおかげで、リハビリもあんまつらくない。サッカーのこととか、どんどん前に進んでってるみんなと自分を比べたり、ついどうしようもないあれこればっか考えそうになるけどさ。侑志がこうやって息抜きに連れてってくれたり、勉強教えてくれたりするじゃん。心ごと、すっげぇ助けられてるなぁって思うよ」

清光は冗談を言いながら、侑志の手助けを当たり前とは思わずに、その都度「ありがとう」とか「助かる〜」とかさらっと言葉にしてくれる。それだけで彼の想いは充分伝わっていたけれど、こうしてあらためて礼を告げられて、侑志はうれしさのあまりに胸がぎゅっと絞られた。

「俺も清光と一緒に楽しんでるから」

「うん。だから遊んでるときは、『してもらって申し訳ない感』ない」

にっと笑う清光に侑志も「じゃあ、よかった」と笑い返す。

それからスマホのブラウザを適当にいじっていたら、ある情報が目についた。

「あ、『クライム』の新曲が出るみたい」

「えっ、いつ？」

侑志が入会しているファンクラブのページを開いて見せると、清光が顔を寄せてきた。彼のこういうなにげないしぐさに侑志はいちいち心を躍らせて、ひっそりと歓びに浸っている。

「五月だって」

「おお。音源来たらおしえてよ」

少し先の未来。でもそう遠くない未来。清光はその頃にまた少し、行動範囲を広げているのかもしれない。

「コンサート行きたいな。ツアーとかないの？」

「……あ、夏のコンサートツアーがある……」

ふたりは顔を見合わせた。多くを語らずとも、互いにすべきことを分かり合えた。それぞれのスマホで、ずらっと並んだツアースケジュールと、サッカーの試合予定一覧を突き合わせて確認する。

サッカー部が出場する大事な試合には、レギュラー以外の部員も基本的に応援に行くことになっているが、そうでなければ通常練習後は自由だ。

「この辺だったら、大きな試合とかぶってなさそう」

「まじで？　これ行けんじゃね？」

「……横浜《よこはま》のなら行けそうだよ。チケット取ってみる？」

「行く！」

ＦＣ会員とはいえ抽選販売だし、チケット発売はまだ先だ。清光はわくわくした顔で侑志を見つめた。『クライム』のコンサートに行くという願望を、ようやく実現できそうだ。

「とりあえず申し込んでみるよ。『ご用意できませんでした』だったらごめん、先に謝っとく」

「いや、当たる。ぜったいに行ける。神様からご褒美を貰《もら》えるようにリハビリがんばる」

清光の活力になることなら、なんだってしてやりたい。

神様と対決して勝てば貰えるチケットなら、全力で闘ってもぎ取ってやる——侑志はいつもそんな気持ちだった。

春休みが終わり、四月に入って高校三年生になった。

侑志は進路希望調査票に『四年制の医療福祉専門学校名』を書いた。

人をサポートしたりフォローする側に回るのは性に合っているから、スポーツインストラクターなど、裏方として、スポーツ選手のサポートやトレーニング指導ができるような仕事に興味が湧いた。実際にチームスポーツの中で学び、得た経験もあるから、それも活《い》かせるかもしれない。

そして清光のケガをきっかけにそこから少し方向を変え、理学療法士を目指してみたいと思い始めた。こちらはサービス業というより医療従事者だ。国家資格で目標とするレベルがだいぶ上がるが、職種の幅も広がるし、スキルアップもできる。

かたや清光は、サッカーを軸に高校卒業後の進路を決めることをすっぱりと断ち、大学受験の道を選択した。

大学サッカーや社会人サッカーからプロを目指す人だっている。プロになるか、プロにはなれないか、そんなゼロか百かの選択しかないと考える清光は、今の時点で可能性がゼロの希望にしがみついて悩んだり、闇雲に時間を割きたくはなかったようだ。

潤沢な資金と自由な時間が豊富にある立場なら、『○○しながらプロを目指す』という選択もあったかもしれない。

清光はこれまで母親がひとりで自分のためにがんばってくれていたので、できるだけ早く独り立ちして楽をさせてやりたい、と考えていたようだった。サッカー選手としてプロを目指したのも、サッカーが好きだったことと、それが大きな理由だった。

「私立に入れば、いっそうオカンに世話かけちゃうんだけどさぁ……」

「清光のお母さん、すごいじゃん。清光がどんな道でも選べるように、がんばってくれてたんだろ」

大学受験も就職もしないで、J2やJ3、アマチュア最高峰『JFL』への入団テスト『セレクション』の挑戦を希望した場合でも、それが可能なように準備してくれていたが、清光は望まなかった。

プロサッカー選手として輝く清光を見たかったのも本心だけど、彼の身に起こったことをいつまでも「あれがなければ」とたられればで悔やんでも仕方ない。清光はちゃんと現実と向き合っていたから、侑志は「応援する」とその背中を押した。

清光はこの先何度か、身体の調子を考慮しつつ、プロを目指すか否か決断する岐路に立つだろう。そのときまた夢から遠ざかる決断に至ったとしても、それは消極的なあきらめや、挫折を言い訳にした怠惰じゃないはずだ。

夏、清光と『クライム』のコンサートに行った。

インターハイのあとサッカー部を引退して、リハビリ開始から八カ月。清光は歩いたり階段を昇降したりといった日常動作がスムーズにできるようになり、軽いジョギングも可能になった。

秋、スポーツ復帰の許可は下りなかった。再建した靭帯《じんたい》が再び断裂しないよう、半月板損傷が再発しないよう、それはやむを得ない判断だったけれど、清光は前向きに捉えて大学受験勉強に励んだ。

そして冬がきて、年が明けた。大学入試センター試験や一般入試も終わり、ほとんどのクラスメイトが進路を確定している。あとは卒業式を待つばかりだ。

侑志は十月末には高校推薦で医療福祉専門学校に、清光は二月中旬に私立大学に合格した。十一月には清光のスポーツ復帰の許可が下りたけれど、その頃はもう大学受験に集中していたし、息抜きをかねてサッカー部の練習に顔を出して軽くボールを蹴る程度だった。

拓海《たくみ》は今年度のサッカー部からは唯一Jリーグからスカウトされて、入団が決まっている。

その拓海だって、いきなりJリーグで活躍できるポジションを約束されているわけじゃなく、入団後は壮絶なレギュラー争いが待っている。だから卒業に対してセンチメンタルな気分に浸ることなく自分の決めた道のほうをすでに向いている様子だ。

「それに比べて俺らのこの『次のステップまでの猶予期間を満喫してます〜』みたいなの、いいんかな」

清光はのんきな口調でそんなことを言いながらヨーグルトパフェのオレンジをはぐっと食べて、「んまっ」とにんまりする。

「リハビリと受験勉強がんばったご褒美だから」

侑志も清光もこれまでお気楽に過ごしてきたわけじゃなく、今日は侑志が「大学合格祝いにおごる」と約束して、ひさしぶりに清光と甘いものを食べに来た。清光と受験を忘れて遊んだのは夏に行った『クライム』のコンサート以来だ。あのときのチケットの半券を、侑志は幸運のお守りのようにずっと肌身離さず持ち歩いている。

抽選購入できたコンサートチケットは二階席で「表情なんか見えねぇ〜」とふたりで笑って、

おそろいのコンサートTシャツを着て、物販で買ったロゴ入りタオルを振り回して。死ぬほど楽しかった。

清光と肩を組んで聴いたラス前のバラードでの銀テープが舞う景色を、侑志は忘れられない。コンサートに行けるほど清光が快復している歓びと、自分だけが彼と共有できる思い出を持てるのがうれしかった。

三月の卒業式まで、あと三週間ほど。清光とは進路が分かれるし、ときどきなら会えても、今みたいに毎日顔を合わせるようなことはなくなる。

「侑志は専門学校でインストラクターに必要な資格、いろいろ取るつもりなんだろ？　専門学校の勉強たいへんそうだよな」

清光には、最初の頃に持っていた将来の希望『スポーツインストラクター』についてしか話していない。

「栄養学とか心理学とかメンタルヘルスとかも勉強して、多角的にプロ選手のフォローができたらいいなって」

最終的に『理学療法士』を目指している、というのはなんとなく彼に打ち明けられないまま今日に至る。それを決意した根幹に清光のケガに対する思いがあると、彼に知られるのは少し恥ずかしい。

清光がケガで長い時間たいへんな状況の中にいても、専門知識のない自分はただ傍にいて彼を見守ることしかできなかった。そもそもケガをしないように予防する知識も必要だと思うし、この一年でなおさら『理学療法士』への思いはつのった。

——清光が好きって告白するのと同じような気がして。専門学校で学ぶうちにそういう気持ちになったって、あとから報告すれば不自然じゃない。

高校の三年間、清光への想いは少しも揺らがず、膨らむいっぽうだった。

今後どうなるのか分からないことをあれこれ想像しても仕方ないし、幸せな三年間の思い出に浸った。

そんなふうに現実逃避していると、清光が「そうだ」と何かを思いついた楽しそうな顔で、侑志のほうに身をのりだした。

「ひさしぶりにうちに泊まりに来る？　俺が松葉杖《まつばづえ》をついてるとき、うちに一週間泊まり込んでくれたじゃん。なんかあのときのこと思い出してさ。今度の金曜、どう？」

そんなお誘いは、願ったり叶《かな》ったりだ。

「ちょうどうちの親がいないんだ」

ふざけたイケボで誘う清光は最後ににっと笑ったけれど、悪い冗談だと分かっていても侑志はどきどきするのがとめられなかった。

保護者が留守の家にお泊まりとはいえ、これといって特別なことはない。動画配信をだらだら見たり、ふたりで夕飯を作ってみようとスマホ片手に料理にチャレンジして、シンクを洗い物と生ゴミでいっぱいにしたくらいだ。

案外うまくできたベーコンときのこの和風パスタをふたりで四人前くらい食べて、そのとき「春休みに入ったら映画を観に行こう」という話になった。

嵐が来たみたいなキッチンと食事の後片付けを終わらせ、それぞれ入浴して、清光のノートパソコンで映画の予告編をチェックすることにした。さんざん夕飯を食べたのに、リビングのローテーブルにチョコ菓子やポテチも広げる。

「このチョコはいっきに三箱くらい食えるよな」

アポロ11号を摸した、円錐形《えんすいけい》の側面がぎざぎざで上がいちご味の、昔からあるチョコ菓子だ。侑志が以前コンビニで「これうまいよね。ときどきむしょうに食べたくなる」と買ったとき、清光がひとりで半分以上食べてしまい、しょうもないケンカになったという思い出がある。だからこれは最低でも二箱は準備しなければならない。

「おもしろそうな映画あるかな」

ホラーやSF映画のシリーズ、アニメ、少女漫画原作の実写化など、春休みに公開されるラインナップの中には、教師と元生徒の不倫をテーマにした映画もある。その映画のかなり刺激的なシーンが流れ、清光の「ひょわー」という変な雄叫びがリビングに響いた。

「えっろ、うわ、えっろ」

照れ隠しで「えろえろ」を連発する清光に、となりの侑志もなんとなく尻の座り心地が悪い。

「侑志は、こういうことしたことある？」

いきなりこっちに性的な話題を放られて、侑志は内心でうろたえた。清光はこちらを向いて問いかけているが、侑志は彼のほうを見られない。

「……こういうことって？」

「こういうことは、だから、こういうことだよ」

清光が指さす先は、薄暗い部屋で男女がベッドで絡まり合うシーンが映し出されている。

高校の三年間は清光に恋をしただけで過ぎ去り、当然性経験もない。

——清光と、だったら……想像の中で、何回もしてるけど。

頭に浮かべた内容をまったく感じさせない平然とした声で、侑志は「ないよ」と答えた。

妄想するとき、侑志は清光に抱きしめられて、組み敷かれる自分を想像している。最初からとくに理由もなく、彼を抱きたいというような征服欲ではなくて、彼を受け入れたいという従属欲だった。

性欲を満たしたいのではなく、好きな人に想われるしあわせで満たされたいと思う。でもそれはぜったいにかなわない。

「キスは？」

まだその質問続いてたのか、と侑志は少し困った。密かに欲望を抱いている相手から、無邪気な声でされる質問としては相当きつい。

いっそ嘘《うそ》をついてどんな反応をするか見たい気もしたが、侑志は正直に「ない」と答えた。

例の動画のほうは、不倫の逢瀬《おうせ》で盛り上がったふたりが濃厚なキスシーンを繰り広げている。いたたまれない、早く終わればいいのに——そう念じていたら、清光がぼそっとつぶやいた。

「キスってどんなふうに気持ちいいんだろ」

「……え？」

「だってほら、えっちはしたことなくても……ちんこの『気持ちいい』のは知ってるから、こっちのはなんとなく分かるけど」

自身の下半身をさしている清光が言っているのは『マスターベーション』で、彼がそんな話題を振ってくること自体に驚いた。うまく目を合わせられず、興味のない映画の予告映像を見るしかない。

「……まぁ……ていうか急にどうしたんだよ」

三年間も友だちだったけど、こういう性的な会話をふたりでしたことがなかった。

「ずっとサッカーしかやってこなかったからさぁ。男子高校生らしくこういう話題に興味あるのに、サッカー部ではあんまり突っ込んだ会話はなかったなぁと思って……だからまぁ、卒業記念的な？」

卒業記念だなんて、こんなときにこんなかたちでぶちかまさないでほしい。

「キスって何がどう気持ちいいのかな。他人の舌を舐《な》めるとか口ん中べろべろするとか、想像するとなかなか気持ち悪くない？」

「知らんわ、俺だってしたことないのに」

やたら熱の籠もったまじめな声で訴えられて、侑志は清光がどんな顔をして言っているのかふと気になり、うっかりそちらを向いてしまった。

清光は何か不思議なものでも見るような顔をしている。

「……えっ、何？」

「俺、侑志とだったらできそうな気がする」

「何を？」という問いはびっくりしすぎて口から出なかった。

「侑志、きれいだし」

「き、きれいっ？　はっ？」

「今、侑志の横顔見てて思った。侑志はきれいだなぁって」

清光は草花でも眺めるみたいに、侑志を見つめる。

互いに無言でどれくらいか見つめあって、侑志は緊張を呑《の》み込んだ。

元来、清光はこういう軟派な冗談を言うタイプではない。

――きれい……って何？　無自覚に誘ってる？　それともほんとに口説かれてる？　俺の勘

違い？

なんて残酷で、なんて甘美な誘惑だろうか。

人の気も知らないで。気まぐれとかただの興味本位か『百年分のクジ運をぜんぶ使い果たすくらいのラッキー』かもしれないし、万が一にもあり得ないと思い込んでいたけど、清光も自分を好いてくれているのかもしれない——そんな浮ついた疑問が頭をよぎる。

「ユウだって興味ありげな顔してるー」

にしし、といたずらっぽく笑う清光に、そんなの当たり前の侑志は「じゃあ、してみる？」と硬い声で返した。そう返されたほうの清光は少し目を大きくする。

「……え、あ、侑志、怒った？」

「怒ってないよ」

緊張しているだけだ。

——清光、ほんと？　冗談？

疑問をぶつけて確認してしまえば、シャボン玉の泡のようにぱんと弾《はじ》けて消えてしまいそうだ。ごちゃごちゃ余計なことを話しているうちに、気が逸《そ》れるかもしれない。

卒業すればこのまま会えなくなるかも——そんな考えがふと頭をよぎる。

だから侑志は清光に顔を近付けた。清光は一瞬目を見開いたが、侑志はもうその表情の意味を確認しなかった。

何か大きなまちがいと奇跡が一緒におこっている。

息をとめて、清光のくちびるにそっと自分のくちびるを押しあてた。

冷たくて、やわらかい——清光の生っぽさを感じた瞬間、胸がきゅうっと絞られる。頭と身体がかっと熱くなり、どうしようもなく欲情を孕《はら》んだ吐息がこぼれた。

そのとき、清光に肩を押し返され、「侑志?」と問われた。

我に返り、はっと身体を離す。

清光のうろたえた顔を見て、侑志は呼吸と心臓がとまりそうになった。

清光のほうは男子高校生らしい悪ふざけみたいなもの、たんなる興味本位でも、侑志にとっては相手に愛情を示す行為だ。キスなんてすれば伝わってしまうくらい、侑志の想いは深かった。そのあまりにもかけ離れた温度差を、清光は感じ取ってしまったのかもしれない。

戸惑いや驚きが限界を突破したのか、清光は呼吸を忘れたような顔で固まっている。

——もう嘘はつけない。

清光がようやく口を動かし、何か言いかけた。

「俺、清光が好きなんだ」

彼が言葉を発する前に、ぶちまけるように告白する。清光の顔を見る勇気はなかった。それに直接見なくても、彼が戸惑っていることは空気で充分に伝わる。

卒業まであと少しだ。告げずにごまかしとおす方法もあったかもしれない。でもきっと自分は今後、清光に対してこれまでのように振る舞えない。だって好きな人とキスをしたのだ。

「え……え？」

清光はすぐに事実を受けとめきれず、戸惑いの声を上げた。

自分の手で恋を終わらせようとしている。どこか自分自身のことではないような、奇妙な感覚——現実を受けとめきれていないのは侑志も同じだ。

「友だちに言う『好き』じゃないから。今のキスだって、清光にとってはただの興味本位とか冗談だったかもしれないけど」

一瞬でも、彼も自分を好いてくれているかも、と思ったのがまちがいだった。確認するのが怖くてそうしなかったのは自分だけど、どうしてこんな無謀な告白をしてしまったのだろうか。

清光は瞬いて、眸《ひとみ》を揺らし、ようやく事実を呑み込むように唾を嚥下《えんげ》する。

「ご、めん……気付かなくて……だから冗談っていうか……。でも、からかおうと思ったわけじゃなくて」

本当は焦っているのをどうにか冷静に……そういう声と表情で、清光はたどたどしく弁解した。ようするに、「好意を持たれてるとは知らなかったから、傷つけるつもりはなかった」ということだ。

「清光は悪くないよ。きれいだとか、キスできそうとか言われて、なんか……俺が調子にのって。……もうなんでもないフリもできないなって思ったから」

罪人がよく「魔がさした」と言い訳するが、こういうことなのかも、と唐突に悟る。

清光が言った『きれい』はつまり『清潔感』と同義だったのだろう。そこに侑志が抱くのと同じ好意は含まれていなかった。

「え……『もうなんでもないフリもできない』って、どういう意味……？　友だちとしてこれまでどおりつきあえないってこと？」

清光が心配しているその問いは、侑志にとって残酷な確認だ。そこには『侑志を友だちとしてしか見れないから、これまでどおり接してほしい』という清光の願いが籠められている。

「それは『もう自分の気持ちを隠せない』って意味で言った言葉だから、……うん、だいじょうぶ」

懸命に問う本人を前にして、そう答えるしかなかった。

彼のためにもそうしたい気持ちはあるけれど、自分の気持ちを告白してしまった今、はたしてこれまでどおりに振る舞えるのか。実際あしたになってみないとうまくできるか分からない、というのが本音だ。

そんな揺れる感情の中でした侑志の返しに対し、あきらかにほっとした相貌の清光に、心のはじっこの辺りでぷつんと切れる音がした。

「……清光、ごめん。俺、今日は帰るわ」

「えっ？」

清光の反応を待たずに侑志は立ち上がった。

これからも友だちとしてつきあってほしいと願う清光からすると、拒絶と捉えるだろう。でも今は彼を気遣ってやさしい言葉をかけたり、さっそく普段どおりに振る舞えるほど、侑志だっておとなではない。

「今日はさすがに、泊まるのはむりかな」

どうにか作った笑顔が、侑志の精いっぱいだった。


清光の家を出て、行きは買い物バッグを抱えてふたりで歩いてきた道を駅方向へ逆戻りする。頭の中に、今日一日のあれこれが廻る。清光の楽しそうな笑い声を思い出す。

侑志が「好き」と告げたときの清光の引きつった表情が蘇《よみがえ》って、侑志は夜の往来で叫びたい衝動に駆られた。だから強い力で蓋を閉じるようにして思考を遮断する。

街灯がぽつぽつと続く歩道を、無の境地でずんずん歩いた。立ちどまるとそこで動けなくなる気がして、日本の果てまでも歩いて行けそうな勢いでただ脚を動かす。

痛い。胸が軋《きし》むのか、胃がきりきりしているのか、どっちの痛みか分からない。

いくらか進み、通りかかった公園で桜の木が目についた。ここは清光とリハビリをかねた散歩で来たことがある。あのときは桜が咲いていた。薄ピンク色の花吹雪を浴びた清光の笑顔が、今でも鮮明に蘇る。

二月中旬を過ぎ、まだ開花の気配はない。足が自然にとまり、暗くて蕾《つぼみ》も見えない桜の木を仰いで、侑志はため息をついた。

――早すぎた。いや、違うか。タイミングの問題じゃなくて、そもそも告白自体がまちがってたんだよな……。

ずっと好きだったけれど、告白の機会を窺《うかが》っていたわけではない。友人関係を終わらせたいと考えたこともない。無計画で、唐突で、ばかな自分に腹が立つ。

――せっかく久しぶりのお泊まりだったのに……何やってんだろ。

文字どおり、自らぶち壊してしまった。

清光から誘ってもらったし、この週末をとても楽しみにしていた。サッカー部で行った二泊三日の強化合宿、四泊五日の修学旅行とも違う。保護者がいない家にふたりきりというささやかなイベントを、なんだか特別なことのように感じていた。

――ふたりでキッチンに立って、ごはんを作って、食べて、一緒に後片付けをして。こんなふうにいつか清光と暮らせたらいいなぁなんて、ちょっと夢見た俺はばかだなぁ……。

告白するつもりはないのにそんな夢を見る。矛盾してる、と突っ込まれそうだ。でも、叶いもしない浮かれた夢を見る自由くらいは許してほしい。

いつか一緒に暮らすどころか、週明けに学校でどんな態度を取れば正解なのか分からない。

その正解だと信じた答えが、正解なのかすら自信がない。

侑志が失ったのは、今日一日のしあわせだけじゃなく、これまでと、これからのぜんぶのような気がする。

自分の想いは、清光にあんな顔をさせてしまう――そんなすべてを見まちがいだと思いたい。うろたえた清光と、彼が言った「ごめん」が何度も頭に去来し、侑志は猛烈な吐き気でその場に座り込んだ。

「――……！」

溜《た》めるだけ溜めていた恋の封をといてしまったから、受け入れてもらえなかった想いが堰《せき》を切ったようにぶくぶくとこみ上げてくる。

彼に恋をしたときからこの想いは成就しないと分かっていたし、多くを望んでいなかったはずなのに、本当はどこかで卑しく期待していたのかもしれない。

悲しいのではなく、切なくて涙が浮かんだ。

大好きな彼を苦しめ、もうどこにもやり場のない想いが閊《つか》えて、つらい。

そのとき、目の前をひらりと花びらが横切った気がして、侑志は顔を上げた。

桜の花など、そこにあるはずがない。分かっていても期待する自分に、侑志は苦笑した。

卒業まであと三週間。

週が明けて登校した学校で、何事もなかったように侑志のほうから清光に声をかけた。告白をなかったことにしたのだ。友だちとしてつきあっていくというのは、そういうことだと思っていた。

しかし、告白の事実は、消えてなくならないのだと思い知った。

目を合わせないまま、当たり障りのない話題。身体の一部すらふれあわないように、そしてそんな配慮がバレないように終始清光に対して気を遣う。

ふたり以外の、ほかの友だちがいるときはまだいい。清光とふたりきりになった途端、会話に奇妙な間ができる。沈黙に重さがあるなら、身体を押しつぶされそうなほどだ。『告白』という事実がまるで物体にでもなったように、つねに清光と侑志の間に横たわっている気がした。

侑志はすぐにつらくなった。清光のためにうまくやりたいのに、心がへとへとになり、自分をコントロールできない。

耐えられなくなった侑志がふたりきりになることをさりげなく避けると、清光はすぐに気がついたようで、そうすると彼は見ていられないほどに落ち込んだ。同じ教室にいるのに、清光は窓の外の代わり映えのない景色を眺めてぼんやりとしていたり、ホームで電車を待つ清光がしゅんとした様子で俯《うつむ》いているのを見かけたりした。

告白からずっと清光を苦しめている。その事実に侑志は胸が潰れそうな気持ちになる。

卒業を来週に控えたその日、清光は誰もいない学校のグラウンドで、ひとりもくもくとサッカーボールでリフティングしていた。彼が楽しそうじゃないのはひと目で分かる。

「一緒に帰ろう」と声をかけさえすればいい。でもそんな簡単なことすら、侑志はためらう。やがて清光はつま先に当たって転がっていくボールを見遣《みや》って大きなため息をつくと、制服のまま地面に仰向けで寝転んだので、遠くから見ていた侑志はぎょっとした。

グラウンドに両手を広げて、死んでしまったように動かない。

たまらず侑志は清光のところへ歩み寄った。避けるのなら徹底的に避けなければならないのに、中途半端に我慢がきかなくなる。

侑志が声をかける前に、まるで見ていることを知っていたかのように清光は「俺たち来週の今頃は卒業だな」とつぶやいた。

侑志は清光の足もとに立った。夕暮れのグラウンドもそれを見下ろす校舎も、ノスタルジックな飴色《あめいろ》に染まっている。ここでサッカーボールを蹴る清光をただ見守っていた頃が、すでに懐かしい。

「……三年……あっという間だったなぁ……」

清光を好きでいた三年間。出会う前の七年間。それをあの夜に一瞬で壊してしまった。

「……俺、ずっと、どうしたらいいか考えてんだけど……」

清光がぽつりとこぼした言葉に、侑志は背筋が凍る思いだ。

「清光、もう何も考えなくていいよ」

侑志は清光の言葉の続きを待たずに遮った。

あの告白が清光を苦しめているのは分かっている。まじめな彼だから、侑志の想いに応えられないことや、この先どうすればいいかを、真剣に考えてくれているに違いない。

でも結局、侑志が心から欲しいものは、彼にとって『できもしないこと』だ。『応えられない』という答えは決まっている。

――だって清光は、俺を『友だち』としか思ってない。やっぱり、清光に好きなんて、言っちゃいけなかったんだ。

侑志は口元に笑みを浮かべてから、清光のほうを見下ろした。清光は無言で、そんな侑志を見上げて言葉の続きを待っている。

「俺たち、これからもずっと友だちだから」

清光を避けていた事実にはあえてふれない。謝らない。謝ればまたさらに清光を苦しめる。でも知らん顔でするりと『友だち』という型に戻れば、そのうちにうまくやり過ごせる日がくるかもしれない。これが正解なのか間違いなのかなんて、他に恋を知らない侑志にはまだ分からなかった。

――すべては清光のために。

すぐまたあしたにでも、「やっぱり友だちのふりするのつらい。苦しい」ときっと思うのだろう。だって好きだから。『友だち』を宣言しながら、こんなに胸が千切れそうだ。

分かっていても、それを清光に言うわけにはいかない。

「一緒に帰ろう」

侑志が誘うと、清光は拾われた犬みたいな顔をして、むくりと身を起こした。

――うまくできなくてごめん、清光。

砂だらけの清光の背中の汚れを「卒業式に着れなくなったら困るだろ」と侑志は泣き笑いではたいてやった。


『大学のサッカー部に入ったよ。チアリーディング部の子たちがすぐ近くで練習してるのをいかに無視できるかで精神を鍛えてるらしい』

四月も半月ほど経《た》った頃に清光からそんなメッセージが届いて、侑志は添付されていた画像を無表情で眺めた。

清光と同じサッカー部のメンバーで撮った写真の、背景となっているだいぶ向こうに、赤いユニフォームのミニスカートの人たちが写り込んでいる。

『新しい鍛え方だね』と絵文字付きで返すのが正解なのだろうけど、指が動かない。

清光はサッカーひとすじで、高校の頃はケガを完治することに専念していた部分もあって、女っ気がぜんぜんない三年間だった。彼の性格からしても恋の駆け引きだとか、嫉妬させてやろうなんて考えには及ばないはずだ。

そもそも侑志を友だちだとしか思っていない清光には、このメッセージと画像で侑志の気持ちを煽《あお》りたいという意図はないはずで、軽い笑い話のつもりなのだろう。

先日も『運動部の新歓でクライム熱唱』と送ってきた写真には何部なのか謎の女の子たちもいた。清光が言いたかったのは『クライム熱唱した』であって、『女の子も同席』ではないはずだ。でもこれからもずっとこんなかんじで無邪気に、近況報告されてしまう。

そのうち彼女ができたとか、その子と旅行して買ったおみやげを渡したいとか、最終的には結婚式で友人スピーチをお願いされたりするのだろう。

——耐えられない。

そこに書かれていないことまで想像してしまい、気が滅入る。

返信にだいぶ時間がかかり、「一日風呂に入ろう」「掃除をしてから」と、ワンクッション置くようになった。


またしばらくして、清光からメッセージが届いた。

『拓海が大阪《おおさか》へ行く前に、侑志と三人でごはん行こうって話をしてる』

拓海がいるなら、と一瞬考えるが、なんとなく返信をあとまわしにする。

都合がいいのか悪いのか、たまたま専門学校の予定と重なり、それを言い訳にした。結局、何かしら断る理由を探して先延ばしにしているだけだ。

以前受け取った画像の、清光のところだけ残して余計なところは切り取り、それを眺めているほうが心安らかだった。

学校の勉強に疲れた日、清光の笑顔の写真を見て、侑志はほっと口元をほころばせた。


『サッカー、やっぱ俺、好きだな。近くにプロ目指してる人がいると、モチベ上がる』

入学からふた月ほど経ったある晩、そんなメッセージが清光から届いた。

大学サッカーからプロを目指すつもりなのかもしれない。

清光の夢はプロサッカー選手で、侑志の卒業後の目標は理学療法士だ。

——清光が元気で、今度こそケガなく、大学でサッカーを楽しめますように。そしていつか……十年くらいあとに、サッカー選手になった清光に、俺が恋愛感情を持たずにストレッチをおしえたり、応援できるようになれてたらいいな……。

侑志は切なく笑った。そんな日が来るのか謎すぎる、と思うからだ。

清光の傍にいられなくても、遠くからだってそっと応援できる。

友だちとしてしか清光の傍にいられないなら、恋心が生きている間は無理だ。

「……清光……」

この瞬間はじめて、恋を封印しようと思った。

もしもこの恋を終わらせることができたら、そのときこそなんのわだかまりもなく、偽りなく、友だちとして会える。それができないなら、もう会わない。

『この間会えなかったし、今度ごはん行こう?』

続いて届いた清光からのメッセージを、侑志はじっと見つめた。

まぶたを閉じて、観客の大きな声援の中で、緑色のフィールドを駆ける清光の姿を思い浮かべる。

そのときが来たら、小学生の頃みたいな純粋な気持ちで彼を応援したい。

「……清光、がんばれ」

——返信はしない。でもずっと応援してるから。

決心しても、まだ心の端っこがひくりと息づいている。

侑志はしっかりと目を開けて、ひと思いにスマホの電源を切った。

□ 4 □

彼についての印象的な記憶には不思議といつも、桜の花びらがある。

だから高校を卒業してからもう八年も経つのに、侑志《ゆうし》は毎年、桜を目にすると登永清光《とながきよみつ》の姿を思い浮かべてしまう。

侑志はスマホを持った手を高くかかげた。

四月に入ったばかりで、荒川《あらかわ》の堤防沿い南北二キロメートルにわたる小松川《こまつがわ》千本桜は、見事な満開となっている。土曜日の午後で気候もよく、花見散歩や、レジャーシートを広げて宴会を楽しむ人たちなどさまざまだ。

「宮坂《みやさか》くん」

徳永《とくなが》院長に呼ばれて、侑志ははっと振り向いた。

パウダーブルーの空に映える桜を自身のスマホに収めたくて、つい撮るのに夢中になっていたが、これから院長とふたりで、『株式会社マローン』の企業スポーツであるアマチュア社会人サッカーチーム『マローンSC』の新年度交歓会に向かうことになっている。

「ほら、桜はあとでもいいじゃない。十四時からの交歓会に遅刻しちゃうよ」

少し先を歩いていた院長に追いついて、侑志は「すみません」と苦笑いした。

春風に背中を押され、はらはらと舞い散る桜花に導かれるように歩みを進める。

交歓会には、清光も『マローンSC』の関係者として出席しているはずだ。

高校卒業以降、清光とは疎遠になった。事故のような告白のあと、侑志は「俺たち、これからもずっと友だちだから」と約束したが、あのときすでに、それはもう無理だというのも分かっていた気がする。

清光は大学に、侑志は専門学校にそれぞれ進学し、最初の頃は近況報告など連絡を取りあっていた。やはり気まずさと申し訳なさはどうしても拭えず、友だちでいることは難しくて、最後に清光からのメッセージに返信をしなかったのは侑志だ。

大学からプロサッカー選手への道を考える清光を純粋に友だちとして応援するためには、恋を終わらせなければならなかった。もしそれができないなら清光とはもう会わない、と決めたのだが――……。

「宮坂くんはうちに入って何年だっけ」

院長に問われて、侑志は過去からはっと引き戻されて「四年です」と答えた。

「うちの病院の中では若手だけど……そうか、もう四年か」

侑志は医療福祉専門学校を卒業後、スポーツ傷害を専門とする『徳永整形外科医院』で理学療法士として働き始め、現在は充実した毎日を送っている。院長、副院長をはじめ、看護師・看護助手が十名、侑志が所属するリハビリ科に理学療法士が七名と規模は大きくないものの、プロ・アマ問わずスポーツ関係者の間では知られた病院だ。

「そういえば……僕、言ったっけ。『マローンＳＣ』のマネージャー兼ホペイロの人もサッカー経験者だったって。靭帯やって、続けられなかったらしいけど」

院長が話題に上げた『マネージャー兼ホペイロの人』とは清光をさしている。『ホペイロ』は選手たちがプレーに専念できるようにサポートする裏方で、『用具係』を意味するポルトガル語だ。

清光は大学卒業後に、プロサッカー選手にはなれなかった。現在は会社員として働いている。

侑志は院長には何も知らないふりで「そうなんですね」と返した。

院長には、彼と同じ高校のサッカー部にいたことをまだ話していない。清光の名前を含めて彼に関する詳しいプロフィールについて、院長との会話に出てきていないからだ。だから辻褄《つじつま》合わせで気付いていないふりをしている。

疎遠になっても、侑志は清光を忘れたことはない。

清光個人のフェイスブックとツイッター、彼が『中の人』としてポストしている『マローンＳＣ』公式のインスタグラムを知っているので、それらをずっとこっそりチェックしていたというだけだが、今日までの彼の生活の一部を垣間見《かいまみ》られた。がんばっている彼の姿を糧に、侑志も日々の仕事を励み、活力にしてきたのだ。

清光は大学でもサッカー部に在籍したが、自分が満足できるところまで身体を動かせなかったようだった。

ゼロか百か、と考える彼は自分に課すハードルが高く中途半端をきらう。清光はプロへの道をきっぱりとあきらめ、大学卒業後は大手化学メーカー『マローン』の完全子会社『マローン・ヘルスケアラボラトリー』、通称『MHL』に就職した。そして現在はその親会社が持つサッカーチーム『マローンSC』の裏方としても尽力している。

ちなみに『マローン・ヘルスケアラボラトリー』は医薬品、化粧品、健康食品などを製造販売する会社で、清光はそこではどうやら営業職のようだ。

——再会する前に、今の清光のこと知りすぎかな。でも俺はずっと見てたよ、なんて言ったら気持ち悪いだろうから、ぜんぶ初耳って顔しなきゃ……。

今回のことは『マローンSC』側から「傷害の治療はもちろん選手の身体のケアやフォローを充実させるために『徳永整形外科医院』とチーム専属で契約したい」との打診があったと聞いている。そのケア&フォロー担当として、院長が直々に理学療法士の侑志を抜擢《ばってき》した。

「あの……院長、今さらの質問なんですけど……『マローンSC』に専属の理学療法士って今までいなかったんですよね」

侑志が問うと、院長はうなずいた。

「ワークアウトのトレーナーはいるらしいけど、日々のケア、傷害の治療やリハビリも、選手個人に任せてたようだよ。でもリーグ2部から1部昇格を目指して、そもそもケガをしにくい身体づくりとか、その辺から改革するんだって、運営陣がはりきってるみたい」

社会人サッカーリーグもプロサッカーのJリーグのように1部、2部と、年間の成績でクラスが分かれている。念願の昇格実現のため、多方面から強化を図るということらしい。

チームの基盤となる選手たちの、まずはケガを予防するためのリスクマネジメントも含め、『徳永整形外科医院』が企業スポーツチームと専属契約で係《かか》わるのははじめてだ。

「『MHL』の専務が、院長のご友人でいらっしゃるんですよね」

「そう。彼がシニアサッカーをやってた頃に、うちに通院してたこともあってね。その関係で声がかかった。スポーツインストラクターと専属契約する案もあったみたいだけど、『マローンSC』のホペイロが『専門病院の理学療法士をつけてほしい』って彼に熱望したらしくて」

「ホペイロから、ですか」

「選手がケガをした場合のフォローと日頃のケア、それを両面からバックアップしていく必要性について熱心に訴えられたらしくて。靭帯やって再起できなかった経験があるからだろうね」

「だからインストラクターではなくて専門病院に、なんですね」

徳永院長と先方の専務が知り合いだったのは偶然だし、清光がケアの重要性を考えるのも理解できる。

「ケガをした場合は病院内で処置や療治を行うけど、選手をグラウンドに集めてケガのリスク回避を指導するほうが効率的じゃないかって。僕もホペイロの『治療の前にまず予防』って考え方には大賛成だしね。だからあとは誰を担当にするかの人選だけかなって」

そう説明する院長が直々に侑志を指名したわけだが、他の勤務年数が長い理学療法士じゃなくてどうして俺なんだろう、といまだに思わずにはいられない。

「……わたしよりもっとキャリアのある先輩方もいらっしゃるので……」

侑志がもぞもぞと返すと、院長は肩を竦《すく》めた。

「キャリア四年では未熟だって誰かが言った？　宮坂くんにはこれまで比較的若い患者さんを担当してもらってたけど、なかなか言うことを聞いてくれない反抗期の子とか、リハビリをサボりがちな患者さんも見事に導いていたし、野球、バド、テニスで傷害を負ったプロ・アマのプレーヤーを熱心に指導して、丁寧にサポートする姿を見てきたよ」

「……畏れ入ります」

そんなふうに見守られていたと知らされて、うれしくもあるが、緊張感も増す思いだ。

「うちを代表して任せられるのに充分な数の患者さんを競技復帰させた実績があるんだから、もっと堂々としてなさいよ。気負うことなく、いつもどおりにね」

院長はにこにこしながら、侑志をそんな言葉で勇気づけてくれた。

「それにきみはもうすでに、僕以上に『マローンSC』について詳しいんじゃないかな。事前準備だって抜かりないでしょ」

侑志は「可能な限り情報を集めました」とうなずいた。チームの状況や選手のバックグラウンドを知っているほうが、的確なアドバイスができることもあるからだ。

「『マローンSC』は結成五年目。所属している選手は『MHL』の若手社員が中心みたいです。エースストライカーは高校サッカー出場経験もある今年二十一歳で、下は十九歳から上は二十八歳まで、キーパーふたり含めて総勢二十三名。昨年、おととしと二年連続で、リーグ1部昇格の一歩手前まで行って敗退してますね」

侑志がスマホに保存しているデータは他にも、チームの創設から、過去の成績などさまざまだ。チームの公式ホームページに記載されている内容だけでは足りず、あちこち検索をかけて情報を拾い集めた。

「チームについて知ろうっていうのは、担当としていい心構えだよ。もしかしてもうすでに選手個人のことも調べてる？」

「所属選手については公式サイトで全員の名前、身長と年齢は分かりました。『高校サッカー名鑑』に載ってるような選手以外はデータがほとんどネット上に落ちてなかったので、直接会って確認するしかないみたいです」

院長は侑志のその行動を『専属の理学療法士としての責任感から』と称賛してくれるが、自分に任された役割には直接関係のない『チームの運営陣』についてまで調べつくしている。

「あっちのホペイロも熱心な人みたいだし、話が合うんじゃないかな。きみがうちの窓口となって連絡を取りあうんだから、今日はいろいろ話してみるといいよ」

「……はい」

院長は先方に侑志について「サッカーの経験があって、うちでいちばん若い理学療法士」としか説明していないらしいので、清光は侑志が『徳永整形外科医院』にいることも、今日来ることも知らないはずだ。会えばきっと驚くだろう。

――高校時代は「スポーツインストラクターを目指してる」としか伝えてなかったし。

侑志のほうは携帯番号を変え、LINEの新アカウントも制限をかけて、高校サッカー部のOB会も欠席している。

――ここまで連絡手段を断てば、『ただ避けてる』って思われるだろうな……。

恋を終わらせるまでは、清光と会わないと決めていた。清光と連絡を断って、彼と会わなければ想いはいつか消えるかもしれないし、そのうちにどこかで誰かと出会って新しい恋などして、過去の思い出になるはずだから。

とはいえ、清光を応援する気持ちまで捨てる必要はないし、彼のすべてをいきなりゼロにはできなくて、ときには自分を勇気づけて奮い立たせるために、または一日をがんばった癒やしとして、SNSに上がる清光の姿をただ眺めて過ごした。

そうやって八年も経って、いまだに彼への好意は消せないままだ。新しい恋愛は待ちの姿勢で積極的ではなかったのと、「恋愛より今は仕事だ」などともっともらしい自己弁護が通用するほど実際に勉強と仕事に忙殺されていたのもある。

――終わらせるつもりで連絡手段をぜんぶ断って、もう直接会うことはないと思ってたのに、まさか仕事で係わるとは。

自分がした覚悟なんて自ら連絡手段を断つという強硬手段でも用いないと、貫けないほど脆《ぜい》弱《じゃく》だった。

――でも色恋の前に、これは俺の大切な仕事だから。もっと経歴の長い理学療法士もいるのに、任せてくださった院長の期待に応えたい。

自分は仕事だと割り切り、覚悟して向かっているけれど、会ったときに清光がどんな顔をするのか、想像すると少し怖い。

――こっちから連絡断っておいて、あっちには知らん顔されたくないなんて都合よすぎだし、気まずい顔されても仕方ないな……。今さらの再会を、人前だから仕事として対応してくれるかもしれないけど。

期待と不安が入り混じる。仕事を全うするという覚悟だけで、侑志は歩みを進めるしかなかった。

『マローンSC』の本拠地は、『マローン・ヘルスケアラボラトリー』の七階建てのビル、製造工場、グラウンドを含む福利厚生施設等を有した大きな敷地の中にある。敷地内に立つ『MHL記念ホール』がこれから行われる交歓会の会場だ。

今日ここに来るまでに、考えていたことはいくつかあった。

もし清光に彼女がいても、彼の前で心を乱してはいけないということ。今年二十六歳で、恋愛のひとつやふたつくらいは経験しているかもしれないし、じつは結婚していてもなんら不思議じゃない。

それから、個人・公式のSNSにアップされる清光の姿を日々追いかけていたとバレないようにしなければということ。今も好意をいだいていると知られるわけにいかないからだ。

SNSが爆発的に発達したおかげで、直接会うわけじゃないのに今の彼の様子を知れたのははたしてしあわせだったのだろうか。新しい恋をすることを『前進』と表現するなら、侑志の想いはずっとひとところに停滞したままだ。

足を踏み入れた『MHL記念ホール』にはワールドカップテーマ曲が流れ、正面には『MaloneSC, GO FOR WIN!』の横断幕、『仲間を信じて　ゴールへつなげ！』『リーグ1部昇格へ！』との熱いスローガンが掲げられている。壁伝いにはビュッフェ形式の料理が並び、交歓会の開催を待つチーム関係者の輪がいくつかできていた。

すぐにスーツ姿の男性がこちらへやってくる。清光だ。

彼の姿を認めた途端に背筋が震え、心臓がぎゅっと窄《すぼ》む。ときめきや喜びの前に、恐れを感じる。一方的に断絶した申し訳なさもあるし、清光に冷たくされるかもしれないという怖さがあるからだ。

清光から目を離せずにいると、彼は侑志に気付いてはっと動きをとめた。その表情がこわばって見える。それを目の当たりにして、侑志は一瞬で血の気が引いた。

清光は院長にあいさつの声をかけられ、まずはそちらに対応している。

「徳永先生、お忙しい中、ご足労いただきありがとうございます」

「川縁《かわべり》の見事な桜を観賞しながら歩いたから、いい気分転換になったよ。今日はうちの理学療法士も一緒に連れてきました」

清光はそう紹介されて、こちらを遠慮がちに見る。

会社員らしいさわやかな印象のショートヘアに、落ち着いた色味のネイビースーツ。清光だけをくっきりと抜き出したように、その周りの景色と、周囲の音が消える。耳鳴りがする。

――どうしよう。あいさつしなきゃ。でもそのあと何を話す？　なんて言えばいい？

侑志の頭の中は砂嵐が起こったみたいに乱れ、まるで使い物にならない。

清光も戸惑った様子で、ふたりの間に緊張を伴った奇妙な沈黙がよぎる。

いくらＳＮＳで見ていたといっても、そこにいるのは本物の、動いている清光だ。

「――っ……」

侑志は咄嗟《とっさ》に口元を押さえた。身体中の細胞が次々に破裂する気がして、吐き気に襲われたのだ。たまたま振り向いた院長が侑志の表情を見て、「えっ」と目の色を変える。

「宮坂くん、どうした？　えっ、具合悪いの？」

――だめだ、こんなんじゃ。理学療法士として仕事をしないと。

呼吸を整え、ぎこちないながらも侑志は口元に笑みを作った。懸命な思いで無理やりにでもそうすると、不思議と気持ちが切り替わる。

「……いえ、すみません。もうだいじょうぶです。ちょっと驚いて」

あまりにも彼を好きで、自分でも驚くほど度を超えて興奮しすぎたため、一瞬気分が悪くなっただけだ。

「驚いた……って？」

「あ、あの……彼……、同じ高校のサッカー部で、同級生です」

ここへ来て清光がいるとはじめて気付いたふりをするのに、「びっくりした」はちょうどいい言い訳になった。

院長が「えっ、そうなの？」と侑志と清光を順に見る。

「今聞いたんだけど、同級生なんだって？　登永さんと、連れてきたうちの理学療法士の宮坂くん」

院長に背中を押されて、侑志も一歩前へ出る。咄嗟に声が出ず、会釈するので精いっぱいだ。

清光は院長に向けて「はい」とうなずいて続けた。

「サッカー部で、彼がマネージャーでした。……じゃあ専属で担当してくださるのが……？」

「選手が気軽に相談しやすいように年齢が近い方がいれば……ってことだったし、くわえてサッカー経験者だから、今回の依頼には宮坂くんがぴったりだと思ってね。もちろんそれだけじゃないよ。患者さんのほんの些細《ささい》な動き方や体重のかけ方、力の入れ具合から、身体の癖や不調の箇所を見抜く。若いけど、経験があるだけじゃなく勘もいい」

院長の推薦の言葉に侑志が恐縮していると、清光が「あ、分かります！」と目を輝かせた。

「わたしも高校時代、彼に不調を見抜かれたことがあります。他の誰も気付かなかったのに」

「へぇ、そんな頃から？　勘もいいけど、もともと目がいいんだろうね」

侑志は「マネージャーだったから、みんなより見る余裕があっただけで」と口を挟んだが、ふたりはお構いなしに盛り上がっている。

「そういうわけだから、選手の身体のケアについては安心して宮坂くんに任せてほしい」

「徳永先生のお墨付きですね──あ、あいさつのタイミングを逃してしまって、失礼しました」

清光は少し他人行儀にそう言うと、自然な笑みで「ひさしぶり」と侑志に握手を求めてあいさつしてくれた。侑志もそれに応えて「ひさしぶり」と同じ言葉で短く返し、意を決して彼としっかり目を合わせた。清光がそこで微笑《ほほえ》んでくれたから、励まされた気持ちになる。

「大切な選手のケアを任された者として、精いっぱいがんばらせていただきます。最善を尽くすためにも、いろいろと相談に乗っていただけたらありがたいです」

清光は少し驚いたような顔をして、「こちらこそ、よろしくお願いします」と力強くうなずいてくれた。

——清光……清光だ。変わってない。

清光の大きな手、そこから伝わるあたたかさ。感激の嵐で、頭の中を攪拌《かくはん》される。画像では得られない存在感に、また身の内がかっとして爆《は》ぜた。生身の清光にふれたのも八年ぶりだ。

ぎゅっとつながれた手を見て、そして清光の表情を窺う。清光は目が合うと、今度はどこかほっとしたように薄くほほえんでくれた。再会した直後は互いに微妙な空気になってしまったが、清光もホペイロとしての責任感を持ってここに立っているはずだ。

——力強さもあるけど、人懐こい雰囲気もあって、こういうとこも変わらないな……。

ふたりの間に立つ院長が、「ほんとにあんまり僕が出る幕なさそうだよね」とおどけた表情をする。

「選手のケガを治療する僕よりも、ケアに関して選手のみなさんに直接アドバイスをすることになるのは宮坂くんだから、元チームメイトなら今後についても話しやすいでしょう。方針とか要望なんかも、お互いに忌憚《きたん》ない意見を交わせるんじゃない？」

さっそくお任せ宣言する院長に、清光が「とりあえず『飲み会議』したいですね」と笑った。

「理想は、治療をお願いしなくてもすむような身体づくりですけど、万が一のときは、徳永先生、どうかうちの選手をよろしくお願いいたします」

「それはもちろん！」

任せて、と院長がうなずく。

そのあと運営の代表など関係者を紹介され、簡単なあいさつを交わした。

「侑志、これ、チームや組織についてと、選手個人のデータをまとめたもの。さっそく来週うちに来てもらう予定だし、その前に渡しておいたほうがいいかと思って」

清光が手渡してくれたのは『マローンSC』とタイトルされたファイルだ。

彼が高校時代と変わらず「侑志」と呼んでくれたことに頭がいっぱいになってしまい、「ファイルの最後のほうに、選手個人や主な連絡先を別紙で纏《まと》めておいた。だからこれは取扱注意の極秘情報ってことで。データはネット流出防止で渡せないんだ」が頭に入ってこない。

清光に不思議そうに見つめられて、侑志ははっとした。

「侑志、聞いてる？」

「き、聞いてる」

侑志が慌ててうなずくと、清光は「ぷっ」と笑う。

「侑志とはじめて話したときのこと、思い出すな」

清光は独り言のようにそうつぶやいて、「俺、今から司会だから、あとでな」と侑志に向かって軽く手を挙げて踵《きびす》を返した。

——はじめて話したときのこと……。

高校の入学式。あのときも侑志は挙動不審で、清光に不思議そうな顔をされたのだ。

清光がそんな昔の、あのほんの短い会話を覚えていてくれたのかと思うと、それだけで感激してしまう。

——自然な態度でいてくれるの、ありがたい。

彼も『マローンSC』側の担当としての役割を全うしようと考えているのだろう。

清光の明るさのおかげで再会の気まずさも薄れた。

「乾杯用の飲み物ですが、ビール、スパークリングワイン、烏龍茶《ウーロンちゃ》とございます」

声をかけられて振り向くと、給仕の男性とともに若い女性が立っていた。彼女は烏龍茶だけのトレーを持っていて、「他にレモンサワー、ハイボールもあちらのカウンターにございますので」と案内してくれる。

——この人……『マローンSC』の公式インスタでいつも清光と『サッカー観戦しているカップル』のていで写ってる女子マネージャーだ。

『カップルで応援に行こう!』のキャッチフレーズをかかげ、カップルらしき清光と女子マネージャーの画像が、いくつかポストされている。色違いのTシャツ、サンバイザー、首からタオルとメガホンをさげて、公式応援グッズの宣伝を兼ねたものだ。

——『マローンSC』の女子マネと……ほんとにつきあってんのかな、清光……。

これまでに『相変わらずお似合い』とのコメントを見たこともあるので、そう邪推しないではいられない。

「じゃあ、スパークリングワインをいただこうかな」と答えた院長から「宮坂くんもいただいたら？」と勧められて「同じものをいただきます」とうなずいた。

すると斜め前方にいたチーム関係者と思《おぼ》しき男性が「カノちゃん、カノちゃん」と女子マネージャーを手招きした。

「このメモ、始まる前に彼ピにこそっと渡してくれる？」

「後藤《ごとう》さん。彼ピだなんて、それもうちょっと古いですよ～」

「えっ、あ、今は彼ピッピっていうんだっけ？」

「それはそもそも意味が違います。彼ピが『彼氏』、彼ピッピは『友達以上恋人未満』です」

「まじか。やばい、ついていけないままいつの間にか死語になってる！」

ふたりの会話のその後を目で追うと、女子マネージャーは司会用マイクの脇に立つ清光に、さっきのメモ紙を手渡した。ふたりはそこでこそこそと話し、いい雰囲気で笑い合っている。

——じゃあやっぱり清光は……あの子の彼氏ってこと？

BGMの音量が一度大きくなり、所属選手二十三名が正面の横断幕前に並んだ。

——……公認の仲ってわけ？

ついさっきまでふわふわと浮上していた気分が、いっきに急降下する。

——まだそうと決まったわけじゃ……。とにかく今は仕事。仕事に来たんだから。

マイクを持った清光が交歓会の開催を宣言して、上役のあいさつや乾杯のあと、選手ひとりひとりを紹介していく。

侑志はその紹介に併せて、清光から貰ったファイルを広げた。

——これ……清光がひとりでつくってくれたのかな。

クリアポケットひとつひとつに、『マローンＳＣ』所属選手各人についての細かいデータがセットされている。

顔写真、ポジション、身長、体重はもちろん、出身地や出身校、好きな食べもの、きらいな食べもの、サッカー以外の特技などさまざまだ。一見するとトレーニングやケアに不要とも思われそうな『趣味』『家族構成』の項目も、理学療法士としてはありがたい情報になる。

——実家暮らしか独り暮らしかでもアドバイスの内容が変わってくるのを、清光は自分がケガを経験してるから分かってる。

ところどころに『愛犬のブルテリア、ルーキーくんがかわいい』『彼女さんがいつも応援に来てくれる』との、清光の手書きの文字を見つけた。選手個人との会話の糸口になりそうなワンポイントだ。たった一冊のファイルから、彼の丁寧な仕事ぶりが垣間見える。

　そのままファイルを捲《めく》っていくと、選手のあとに、監督、コーチ、トレーナーなど指導者の紹介が続き、女子マネージャーのページが現れた。

──さっき男性に「カノちゃん」って呼ばれてたよな……？

彼女の名前は『相原月子《あいはらつきこ》』と記されている。

──もしかして「カノちゃん」って……『カレ・カノ』の『彼女』ってこと？

あの男性は相原月子に、「このメモ、始まる前に彼ピにこそっと渡してくれる？」と声をかけていた。

──……やっぱり清光が彼氏で、あの女子マネが彼女……。

間接的にではあるけれどそれが決定的になり、頭が真っ白になる。

もし清光に彼女がいても、彼の前で心を乱してはいけない──ここへ来る前に決めていたことをあらためて植えつけるように唱える。

SNSをこっそり追いかけていたときから、なんとなく感じていたし、青天の霹靂《へきれき》的《てき》な新事実でもない。

ある程度は覚悟を決めてここへ来たためか、それとも感情が振り切れてショートしたのか、さっきまであれほど騒々しかったのに、今はおかしなくらいに身体の内側がしんと静かだ。

清光は司会者として笑いを交えながらこの場を取り仕切り、盛り上げている。

──これから先も、清光とはチーム専属の理学療法士として係わることになるんだから。しっかりしろ。

「宮坂くん」

院長に呼ばれ、侑志ははっとした。もろもろの進行が終わり、歓談の時間となっている。

そのあとは選手や指導者らと話しもできた。口数が少ない選手、ムードメーカーなどそれぞれだが、みんなひとつの目標に向かって前向きで熱心な雰囲気だ。

彼らのリーグの昇格のために、裏方のひとりとして精いっぱいバックアップしたい。

明るい雰囲気の中に、リーグ1部昇格への意気込みも感じる交歓会だった。


交歓会が終わり院長とそろそろ帰ろうと話していたところ、清光に呼びとめられた。

「侑志、このあと仕事に戻ったりする？　何か予定はある？」

驚いて侑志が一瞬言葉に詰まると、院長から「飲みにでも行っておいでよ」と肩を叩《たた》かれて後押しされてしまった。交歓会へ来る前に、『徳永整形外科医院』側の担当として「今日はいろいろ話してみるといいよ」と助言されたのもある。

ひとまず院長をホールの玄関口で見送ってすぐ、清光が前のめりな勢いで「で、もう少し飲める？」と訊《き》いてきた。

女子マネージャーの相原月子の姿が視界の端に入る。

「あとで、って言ったけど、ばたばたしてて結局それほど絡めてない。来週うちに指導に来てもらう予定だから、その前に今後についても話しておきたいし」

清光にかわいい彼女がいても、高校時代からの友人だと割り切れない自分がいるが、今はそんなことより仕事だ。誘ってくれているほうの清光も、きっとそう思っている。

「……俺はいいけど、清光こそ会場の片付けとか……」

気遣う言葉を返しながら、心はうれしさでいっぱいになってしまう。

振り向いたホール内ではビュッフェの撤収はすでに始まっていて、片付けはきっと『マローンSC』の人たちが行うのだろう。

「全員でやるから二十分くらいで終わる。あ、侑志、おまえスマホの番号変えただろ」

あまりにも自然に突っ込まれ、侑志は気まずい思いで「え、あ、うん」とうなずいた。

「番号変わったって連絡くれないのひどいよ、まったく」

「ごめん……ちょうどばたばたしてて、タイミング逃して」

言い訳にもならない言い訳をすると、清光にじっと見つめられて侑志は言葉を続けられない。

「とりあえず、今の番号、おしえてよ。ＬＩＮＥは俺の携帯番号を登録すればＩＤが出るはず」

スマホをつつかれ、連絡先を交換した。

この短いやりとりの間にも、胸の鼓動がどんどん強くなり、加速する。

「川沿いで桜でも見ながら待ってて」

最後は少し強引に、ポケットから出した箱を「はい」と手渡された。侑志の返事を待たずに、清光はホールへ戻っていく。

——……なんか……昔より……さらっとぐいぐい来るかんじ……？

あのこなれてる感は、この八年の歳月の分だけ、清光もおとなになったということだろうか。

清光がホールに戻るとすぐに、あの女子マネージャーのほうから何か話しかけている。

——……彼女がいるから？

いやな現実に行き当たり、侑志は目線を外して、清光に渡された箱をふと見下ろした。

高校生の頃、ふたりでよく食べた円錐形のいちごチョコだった。


チョコを食べながら川沿いの桜をスマホで撮る。ひさしぶりに食べたいちご味のチョコは今も変わらずおいしいけれど、多少歳《とし》を取ったからかやけに甘く感じた。

——ポケットサイズの箱とはいえ……。

今日、清光はこれをスーツのポケットに入れていたのだろうか。

手のひらの箱から、ころころと円錐形のチョコが転がる音がする。

白地に赤いいちごが並んだパッケージデザインも、おそらく昔とほとんど変わっていないはずだ。

——ひとりで食べたらまた醜いケンカになるかな。半分くらいは残しておかないと。

高校時代にお菓子の取り合いでしたケンカなんて、今振り返ると、侑志からすればただのいちゃいちゃだった。

侑志はチョコの箱を上着のポケットに入れた。

——スーツ姿を間近で見れた。今日の清光もかっこよかったな……。

スーツと同系色の小紋タイに春らしい水色のシャツの合わせがさわやかで、高校当時から体型が変わっていなかった。公式インスタグラムでカジュアルな格好をしているのを見慣れていたためか、いい男が割増だ。ＳＮＳの画像でさんざん見ていたけれど、動いている清光はその百万倍いい。

——恋を終わらせるために『もう会わない』って選択はある意味正解だったってことだ。

恋心はフリーズドライみたいにかたく萎《しぼ》んでいたのに、ものすごい勢いで水を含んで元通りになる。八年分があっけなく。

——飲みに誘われて、内心では死ぬほど喜んで。今もこんだけ好きなんてバレたら一巻の終わりだ。

「侑志！」

呼ばれて振り返ると、そこには清光だけじゃなく、『マローンＳＣ』のキャプテンと選手数人、運営の男性、そしてあの女子マネージャーの月子も一緒だった。運営の男性はさっき「カノちゃん」と呼んでいた、たしか後藤という人だ。

「飲みに行くっつったら、なんかついてきた」

清光の説明に絶望する。ふたりきりで飲むなんて気まずい、と清光は思ったのだろうか。

いやな想像が浮かんで、自分の顔がひきつっていないか心配だ。

「でもー、みんなはここまでな。ほんとに高校卒業以来、ひっさしぶりの再会なんだよ。今日は俺と侑志、ふたりで飲みに行くの」

がばっと肩を抱き寄せられて、そう宣言する清光を驚いて見上げる。

ついてきたメンバーは「ええ～！」と声を上げ、清光は「今日だけは許して」とごめんねのポーズで謝った。するといちばん年長者とおぼしき男性の後藤が「分かってるって。冗談だよ、冗談。おんなじ駅に向かってるだけ」と笑ってうなずいている。

「カノちゃん、いいの？　彼ピッピったら浮気するってよ」

「だから彼ピッピじゃないですって～」

後藤と月子の漫才みたいな会話の間に、清光が「後藤さん、月ちゃんそう見えてちょっと酔ってますから、よろしくお願いしますね」と頼んでいる。

「カノちゃん、あの片付けの短時間で酔うほど飲んだの？」

「だって、梅酒ソーダが余ってたから」

背後からそんな会話が聞こえてくるが、清光が「行こ」と侑志の背中を押した。

「え……いいのかな」

「だいじょぶ、いつも飲んでるメンバーだし。選手の彼らは必要なければそもそも飲まない。とにかくこっちはひさしぶりなんだから」

清光に誘われて、浮かれていた罰が当たったのかと思った。正直、清光の彼女も同席しての食事を楽しめるわけがない。気を遣って、楽しいフリができるかだってあやしいのだ。

「侑志と飲むの、はじめてだ」

「……あぁ、そうだな」

ここであからさまにほっとするわけにいかないが。

ふと横を見ると清光ににんまりほほえまれて、侑志は思わず目を逸らした。


清光が仕事帰りによく行くという錦糸町《きんしちょう》の居酒屋は、土曜日だけど十七時半と少し時間が早かったので、待つことなく四人掛けの席に案内された。

向かい合って座ると、「飲み物どれにする？」と清光がドリンクメニューを広げてくれる。

清光はスタンダードなハイボールを、侑志はジンジャーハイボールをオーダーした。

「少しでも太りにくいやつを意識しての、ハイボール？」

問われて、侑志は「そうそう」とうなずいた。

「侑志はスポーツとか、なんかやってる？　たばこは？」

「いや、どっちもやってない。ときどき走ってる程度。……清光は？」

清光はフードメニューを開いて、それを捲りながら「俺はたまにサッカーやってるけど、運動程度だよ」と侑志に返す。

知ってるよ。見てたからぜんぶ知ってる——それは言えないから、侑志は黙ってうなずいた。

「……今日見てて分かってるだろうけど、プロは無理だった。大学のサッカー部は、腱《けん》を痛めて一年で辞めたんだ。『マローンSC』は大学んときの先輩の知り合いがメインでつくったサッカーチームで、その関係もあって、今の会社に就職決めた。で、チームのホペイロやってる」

彼個人のSNSで『腱を痛めた』とはひと言もなく、初耳だ。

「そうだったんだ……」

「高校のとき、侑志が俺のこと『輝ける星』だって、『ずっと見ていたいし、護《まも》りたい』って言ってくれたのに、その期待には応えられなかったな」

清光がずいぶん昔の会話を覚えていてくれたことに侑志は少し驚いた。

そう話す清光は表情に翳《かげ》りがなく、てれたような笑みを浮かべた明るい口調だ。どういう道だとしても、彼がただ苦難から逃げた結果ではないと、侑志だってよく分かっている。

「清光は今だって、かたちは違うかもしれないけどがんばってる。あの頃と変わってない。清光がくれたこのファイルも、こっちが欲しい情報が網羅されてるから助かるよ」

今日、交歓会の会場で清光に渡された『マローンSC』のファイルを掲げてみせると、彼は「仕事の合間に作った甲斐《かい》があった」といたずらっぽく、にっと笑った。

「高校のときは侑志がマネージャーで、ホペイロみたいなことやってくれてただろ？　それ見てたからさ。プロを諦めたあと、自然とこっちの道を考えた。だから、俺が『マローンSC』でホペイロやってるのは、侑志の影響が多大にあるよ。サポートする人間がどれだけ重要か身をもって知って、裏方としての役割に誇りを持ってる」

「いや……そんな……俺はぜんぜん……ボール磨きとか雑用してただけで」

恐縮する侑志に、清光は「あいかわらず控えめ」とほほえんだ。

高校を卒業してからは垣間見ることしかできていないが、彼が選んだ道を失敗や挫折だと卑下する必要はないと、侑志は感じていた。清光も決断するときは悩んだとしても、前向きな気持ちで今日まで来たはずだ。彼の溌剌《はつらつ》とした表情を見れば充実ぶりが窺い知れる。

「侑志こそ理学療法士で病院勤務なんてびっくりした。高校のときは『インストラクターになりたい』って聞いてたから」

「専学に四年通ってるうちに、挑戦したいなって気持ちになったんだ」

本当は清光の傷害がきっかけだったけれど、話さなくてもいいかなと思う。

――今も好きだって知られたくないし、引き摺《ず》ってるとは思われたくないから。

ハイボールが来て、清光のおすすめの料理をいくつかオーダーした。乾杯し、ぐっとひとくち飲んだあとに「お互いお酒なんか飲むようになったんだな」と顔を見合わせる。

ずっと清光の姿を追っていても、こうして実際に会うとあらためて八年という時間の経過を感じずにはいられない。

「侑志、この辺に来ることある？」

「いや……病院が水道橋《すいどうばし》だし」

「家は？　今も実家？」

「実家は二年前に出て、独り暮らししてる。新板橋《しんいたばし》のワンルーム」

「俺は錦糸町のひとつ手前の住吉《すみよし》。今の会社に就職するのと同時に実家出てさ」

清光の母親は再婚してしまったらしく、侑志も両親ともに元気だと報告した。

テーブルに料理が数品並び、「これがイチオシ！」「これにこれつけて食うと最高」と、清光がおすすめの食べ方などおしえてくれた。

「清光、しいたけだけは苦手じゃなかった？」

しいたけの肉詰めを指して問うと、清光は「そうなんだよ！」と目を大きくする。

「新人当時に先輩に連れて行ってもらった居酒屋で『これ最高にうまいから』って勧められて、むりやり食べたら『あれっ……うまい！』って開眼したんだ」

「よかったな。きらいな食べものがゼロになったたってことだろ」

「侑志は、中身も外見もあの頃と変わってないな。整髪剤だけでおしゃれに決まるのうらやましい」

「俺のくせっ毛はこうする以外にないんだって。それに八年分はしっかり歳取ったよ。髪も顔もなんかぱさぱさで、向こう脛《ずね》とか、前腕とか『なんでここ?』ってとこが乾燥しない?」

「きれい」

間髪を容《い》れず返されて、しいたけの肉詰めが喉に詰まりそうになった。

清光は頬杖をついて、甘くほほえんでいる。

もしかして清光も自分を好いてくれているのかも——と、とんだ勘違いをして告白までしてしまった高校時代の失態を、その言葉で思い出さずにはいられない。

侑志はわずかに緊張を伴いながら苦笑した。

「何言ってんだか。アラサーって世の中の区分では『オジサン』だぞ。もう酔ったのか」

「今だってオッサン臭さがない」

「だからそれは『きれい』じゃなくて『清潔感』な。病院勤めゆえの。そもそも『きれい』って言葉を使う相手をまちがってる」

あまりふれてほしくない話題に辿《たど》り着きそうで、侑志は「オーダーしてまだきてないのはどれだっけ、なんか追加する?」とフードメニューを広げた。

「あ、侑志、ＳＮＳに写真アップしてもいい？」

「ＳＮＳ？」

清光が個人的に持っているものを合わせて、彼が動かしているアカウントはぜんぶで三つある。どのＳＮＳだろうか、と考えながら、とぼけ方が不自然じゃなかったかとどきどきする。

「俺、『マローンＳＣ』公式インスタの『中の人』なんだ」

スマホの画面を見せられたが、「へぇ～、インスタなんかやってんだ」と素知らぬ顔で相槌《あいづち》を打った。さっそく今日の交歓会のもようと、そこでの選手たちの画像がアップされている。

「こういうのも運営側としての戦略のひとつってかんじで。侑志はＳＮＳやってる？　インスタやってる個人病院とかあるよな」

「俺個人でもやってない。病院のほうは、『誰が担当するか』って段階で手を挙げる人がいなくて。ああいうのってちゃんとやる人がいないと続かないだろ？」

「だな、最後の更新が三カ月前とかだと意味がない。あ、話戻すけど、写真、いい？」

「引きの集合写真くらいならいいけど……顔をアップで出すのはいやだな」

「分かった。じゃあ」

清光はスマホを持ったまま立ち上がって、侑志の横の座席に移動してきた。それをつい黙って目で追ってしまい、あっと思ったときは肩を引き寄せられていて。

「えっ、これ写るだろっ」

だって体温を感じるくらいにくっついている。清光の顔がすぐ傍にある。

「侑志の顔は入んないようにするか、もし写ってたら加工してツイートする」

「しかも個人のほうかよ……」

「……俺、プライベートでツイッターやってるって言ったっけ？」

――うわあああああっ、さっそくやらかした！

清光はさっき「『マローンSC』公式インスタの『中の人』なんだ」と打ち明けただけだ。

咄嗟に清光と反対側に顔を背けたためにぎょっとしたのは見られていないが、口から心臓が飛び出すかと思った。急激な接近で清光にどきどきさせられて、頭が物事を冷静に処理できなくなっているようだ。

「い、今、清光が加工して『ツイートする』って言っただろ」

「言ったけど……まぁいいや」

『マローンSC』のSNSはインスタグラムのみで、それを知っているからこその失敗だ。

これからツイートするのも『マローンSC』公式のツイッターと勘違いするほうが自然だったのかもしれないが、ここはもう「俺はそう解釈したんだ！」ということで押し切るしかない。

ハイボールのジョッキを掲げて自撮りし、清光はもとの席へ戻った。

「『高校の同級生と感動の再会』ってツイートする」

「……清光は高校の同級生とか、元サッカー部で今もつながってる人いる？」

「拓海《たくみ》とかしげちゃんとかヨッシーとか。OBでときどき飲んでるし」

それも分かっていて知らぬフリしてした質問だ。

しかも侑志は、サッカー部OBでいうと拓海とだけ、わりと連絡を取りあっている。偶然会ったのをきっかけにそうなっただけで、彼が何か特別だとかそういう意味はない。拓海には口止めしているので、清光はそのことを知らないはずだ。

「二十歳の成人式のあとの同級会も、サッカー部のOB会にも一度も来てないよな、侑志」

清光はスマホを操作し終え、それを伏せて置くと、侑志が返答に困る話題にふれてきた。

清光はじっと侑志の目を見つめる。その視線から逃げられない。

「俺のこと避けてんだろうなーって思ってた」

ずいぶん痛いところに切り込んでくる。

侑志が返答に困っていると、清光は「分かってるよ」というようににっとほほえんだ。怒っているわけじゃないけれど、これまでずっとただ避けてきた侑志を責めている。

避けていたのが清光に伝わらないわけがない。でも開き直って「そうだよ」とは答えられない。だってここでぶちまけてしまったとして、この先は『卒業』みたいな逃げ道がないのだ。

もう「子どもで未熟だ」なんて言い訳ができない歳になり、仕事を任されているという大前提がある。ずいぶん前に終わったことにいつまでもこだわっていると清光に思われたくないし、高校時代の二の舞にはしたくない。

「そういうわけじゃ……資格試験とぶつかってたり、都内のあちこちの病院とか施設とかいろいろインターンで回ってたから、忙しくてさ」

寝る間も惜しむほど忙しかったのは本当だ。ひとつでも多くの症例、ひとつでも多くの傷害を実際に目で見て、経験を積む必要があった。

清光はそれには「うん」とくちびるを少し尖《とが》らせるようにしてうなずいている。勉強や仕事を言い訳に使われると、納得できなくても言い返せなくなるものだ。

でも携帯電話の番号も変えて、会おうと思えば行けた場所に顔を出さなかった。すぐに見破られる下手な弁解だと、侑志自身も分かっている。

――もう、苦しい弁解がとおることにこだわる必要はない……かな。

だって今後は、清光と仕事を軸にして係わるということが明確だ。

「え……と、ごめん、さっきの、ほんとはちょっと違う。ふられたからっていうより、後先考えずに俺が余計なこと言っちゃって、卒業間際のいちばん楽しいはずの時期に、清光を苦しめたのが申し訳なかったのと、やっぱりどうしても気まずくて。で、ああいう集まりを何度もパスするうちに、どんどん行きづらくなったってだけで。……でも、今はもうだいじょうぶ」

そうだ。まちがってはいけない。過去を取り繕うより、『今はなんとも思ってないし、過去のことは関係ない』と、清光にちゃんと認識してもらうのが何より重要だ。

これなら清光も納得してくれると思って明かしたのに、彼は眸を揺らして、何か言いたげにくちびるを開いたり閉じたりする。

「……え、なんか俺、変なこと言ったかな」

そんな反応をされると、どこか辻褄が合わなかっただろうか、と不安になった。

「侑志のその『今はもうだいじょうぶ』っていうのは……、だから……つまり今、侑志に、恋人がいるからって意味？」

清光の先読みに、侑志は目を瞬かせた。そういう『におわせ』的な言動はしていないはずだ。侑志の「今はもうだいじょうぶ」との発言から、清光のほうは『今はなんとも思ってないし、過去のことは関係ない』ではなく、『別に好きな人ができたから気にしないで』と受け取ったらしい。

そういうふうに誤解されると、侑志はまったく想定していなかった。清光のことばかり考えているせいで、自分が彼にどう思われるかは若干なおざりだ。

清光には『マローンSC』関係者の間で公認の彼女・相原月子がいる。新しい世界で、新しい人間関係を築いて、意気揚々としている彼の人生に再び自分が水をさしてはいけない――侑志は咄嗟にそう思った。

清光は、いまだに侑志が恋を引き摺っているとはつゆほども思っていないのだろう。侑志自ら距離を取っておいて、こうして再会したなら、それを気付かせてはいけない。

清光は彼がそうであるように、侑志にも「過去のこととは関係なくしあわせでいてほしい」

と願っているのではないだろうか。それが分かってはじめて、清光も過去から完全に解放されるのではないだろうか。

侑志は答えに逡巡《しゅんじゅん》したあと、すっと顔を上げ、清光を見据えた。

「……うん。今、つきあってる人がいて」

思いきった嘘だ。

ひと息に言ったあと、ふたりの間に奇妙な空気と、沈黙が流れた。

清光の眸は動かない。いきなり機能停止したロボットではない証《あかし》に、喉仏だけがこくっと動いた。ややって清光は緊張して落ち着きを失ったようにぱちぱちと瞬いて、今度は意味もなくテーブルの上のシーザーサラダを睨《にら》んでいる。

何か言ってくれるのかと思って言葉を待ったが、清光はなかなか話し出さない。

「……えっと……うん」

ようやく出た言葉はあまり意味のなさそうなつぶやきで、侑志は戸惑った。

「……あんまり聞きたくない話だったよな。気分悪くさせてごめん」

侑志が謝ると清光は「えっ？」と目を大きくする。

「いや、ほら、だって……俺の相手……男の人なわけだし」

本当はゲイの自覚をはっきりと持ったことはない。好きになったのが清光だけだからだ。

二十六年の人生で、女性にも、他の男性にも一切興味が持てない。侑志のセクシャリティをあえて文字で示すなら『清光』だ。

「…………」

清光がまたもや固まり、ふたりの間に、さらになんともいえない気まずい空気が広がった。

「…………あぁ、うん、だよな……。あっ、でも違う、そういうんじゃない。侑志の相手が男だからどうとか……引いてるとか、そういうことじゃない」

じゃあ、何が清光の中で引っかかってそんな顔をさせてしまっているのだろうか？

「……でもそういうことなのかな……」

清光はひとりでぐるぐると考えているようで、ところどころでそんな意味が分からない独白をするから、侑志は首をかしげた。

「侑志の相手が男だから、もや〜っとするのかな」

「もやっ……と？」

「女だったら、そっかぁーってなるのかな…………いや、ならないかな。……ならないな」

ひとりで疑問を打ち上げ、何やらうなずいて勝手に解決している。

これ以上この話を広げられても困るので、侑志はもうつっこむことをやめて、アルコールのおかわりをオーダーした。

「相手、どういう人？　何やってる人？　年上？」

独り言タイムが終わり、急に始まった質問攻めに侑志はぽかんとしてしまう。

そういえば高校の頃にはじめて侑志が話しかけたときも、清光に質問攻めにされた。でも清光は侑志の今の恋人について本当に興味があるのだろうか。再会の近況報告のひとつとして、この話を膨らませるつもりなのだろうか。

「い、いや、いいよ、そんなの興味ないだろ」

「聞きたいから訊いてる」

清光はテーブルに肘をついて、前のめりだ。

それを訊けるというのは「自分が侑志の恋愛対象から外れたから、もう安心」との傍観者的な気持ちからだろうか。だったら相当残酷な無邪気さだ。

——しかし、実在しないものをどうやって語れっていうんだ。

片想いのあれこれなら一晩中でも語れそうだが、侑志自身、恋愛の経験は皆無だ。

侑志の中で、清光としたはじめてのキスが、最高で最悪な思い出となっている。

清光に失恋したあと、キスくらいなら経験したけれど、相手の顔なんて『へのへのもへじ』でまるで記憶に残っていない。

清光だけに一途な侑志にも、血迷っていた時期はあった。新しい世界へ踏み出さないと、ひとりぼっちでさみしいおじいちゃんになって孤独なまま死んでしまう、と焦ったことがあったのだ。

——結果的に、清光を好きって認識が強くなっただけだった。ほんとばかみたい。

たったひとりに片想いし続けた結果、この歳になっても侑志は恋愛経験値が低すぎる。

そういうわけで、これまでろくに人とつきあったことがないから、実在しない恋人について語れというのは、相当難しい課題だ。ゼロからキャラクターをつくる才能はないので、実在する身近な人に適当な色をつけて捏造《ねつぞう》するくらいしかやりようがない。

侑志は清光と遜色なくいちばんモテそうな男を思い浮かべた。

今井《いまい》拓海——今はオランダのサッカークラブチームに所属している。ときどき帰国しているが、年中海外にいるから会うこともほぼない。架空の彼氏設定のモデルにしてしまったと、本人を前に罪悪感で気まずい思いをする機会もなさそうなので好都合だ。

清光が催促するように「どんな人？」と問いを重ねる。

「どんなって……」

——ごめん、拓海！

追加でオーダーしたジンジャーハイボールを店員に渡されるのと同時に、侑志はそれをぐいっと煽った。

一世一代の大芝居を打つことを決意し、半分くらいいっきに飲んだジョッキをテーブルにごとんと置く。目の前の清光が目を瞬かせた。

「同じ歳の人で……すごく、かっこいいよ」

「か……かっこいい……」

最初に出てくるワードが『かっこいい』とはずいぶん薄っぺらいが、清光はそれでもなかなかに衝撃的だったようだ。

「かっこいいっていうのは、どういう……?」

「かっこいいは、その言葉のまま、かっこいいだよ。みんな『イケメン』って言うし」

拓海は日本でプロとしてプレーしていた頃も、『イケメンサッカープレーヤー』として雑誌に何度も登場していた。男の真価は美醜ではなく中身だというなら、拓海はプロとしてさらなる高みを目指すために海外へ飛び出すほど上昇志向が強く、中身もイケメンなので、本当に死ぬほどモテる。

――まぁ……それでも俺は拓海じゃなくて、清光を好きなんだよな。

清光は口を半開きにし、魂が抜けたような顔だ。

ややあって清光ははっと意識を取り戻し、さらに質問を続ける。

「……性格は?　明るいとかクールとか」

「……クール……かな。あんまり口数は多くない。口元だけで笑うかんじ」

そんな架空の彼氏に関する情報を頭の中で総括した清光が、「なんか拓海っぽいな」とつぶやいたので、侑志はぎょっとした。

「……身長は?　俺より高い?」

清光からの次の質問に、侑志は眉をひそめた。

どうして清光と比べなければならないのだろうか？

理解に苦しむが、嘘を真実として清光に思い込ませるためには、「知らない」とか「分からない」なんて答えるわけにはいかない。

「……清光より、ちょっとだけ低い……かな」

すると清光は「そう」となぜか勝ち誇った表情になる。

——何？　競ってんの？

「で、仕事は何してる人？」

「仕事……」

さすがに「プロサッカー選手です」とは答えられない。

これは何かいいかんじの設定を盛る必要のある質問だ。しかし咄嗟に何も浮かばない。こんなことになると分かっていたなら、再会前に質問&回答シミュレーションを作成して練習したものを。まったくノープランすぎて無駄に焦る。

侑志は事態の打開に窮しつつ、まるでカンニングする学生のように、広告やメニューが並ぶ居酒屋の壁に向かって目をうろうろさせた。清光が「何見てんの？」という顔で、侑志の視線の先を追いかけようとする。侑志はそれを遮って「アーティスト！」と返した。

「……アー……ティストって……？　えっ、何系？」

ふんわりした答えに、清光が困惑しながらその先の説明を求めている。

壁に書かれた『オススメ！　ＡＲＴＩＳＡＮ塩トリュフの鶏《とり》もも肉の丸焼き　９９０円』から『ＡＲＴＩＳＡＮ』を咄嗟にパクっただけだ。

——ど、どうしよう……！　有名なアーティストってわけにはいかない。でも名前が売れてないってことは、彼氏にしたらいけない代表の『バンドマン』みたいなものだろ。ヒモ彼氏とは疑われたくないし、清光に余計な心配させたくない。

嘘には嘘を重ね、さらに設定を追加する必要がある。

「絵……デザイナー……？」

「デザイナー？　えっ？　服の？」

「いやっ、そっちじゃなくて、イラスト、的な……？」

ただの口から出任せだ。なんで説明してる侑志も俺と一緒に疑問形？　とさすがに清光も怪《け》訝《げん》な顔になっている。

「あんまりほら、俺もそういうの詳しくなくて。それに年中ほとんど海外に行ってるから」

海外にいる、というのは我ながらいい設定だと思う。

サッカー選手もアーティストもたぶん、だいたい、海外にいがちだ。アーティストのやっていることは難しくて凡人の自分にはよく分からない、との説明も無理なく理解してもらえる。

「海外って……どこ？」

アーティストは普通、どこを目指すものだろうか。ポップアートならイギリス、現代アートならニューヨークくらいしか思い浮かばず、破れかぶれで「ニューヨーク」と答えた。

「ニューヨーク在住のアーティスト……そういう人とどこで出会うんだ?」

想定外の質問が続いてつらい。

侑志はひたいをかき、「え〜」と半笑いで、何度もハイボールを飲んでは時間を稼いだ。

「ハイボールのおかわり、いかがですかぁ〜?」

早々にも空いたジョッキを目敏く見つけた店員に声をかけられ、「お願いします」と愛想笑いで答える。清光も「俺もおなじやつ」とオーダーを追加し、「侑志、めっちゃペース速いな」なんてのんきなものだ。

――清光のせいだけどっ?　いや……違うか。本当の気持ちを隠して、嘘をついてる俺のせいか。

すぐに新たなジョッキがテーブルに到着した。まるで闘いのゴングのようにごとん、と音を立ててふたつ置かれ、清光はそのジョッキを摑《つか》むと「で?」と強い目力と口調で続けた。

「彼とはどこで出会ったわけ?　遠距離で何年続いてんの?」

逃げられるものなら逃げたい質問を再び重ねられる。

やけに訊きたがる清光だって、べつにわくわくしてるわけでもなさそうなのに。

侑志が二十歳の頃、『もう過去の恋は忘れて新しい出会いを探そう』と一度だけ行ったことのあるバーを思い浮かべた。だってそこしか知らないのだ。

しかし場所の選択を誤っていきなりディープな店に入ったため、怖い思いをしてから二度と行っていない。だからぜんぜん詳しくもない。

――そういう店でどっちから声かけたのかとか、ますます細かいこと訊かれそうだし、『出会いを求めて遊んでる』なんて勘違いされたらさすがにイヤだ。

しかし清光からすれば侑志が清廉かどうかは重要ではなく、欲しいのはきっと『侑志にとって俺はもう恋愛対象じゃないんだ』という確証のはず。

――それに、「自分ばかりしあわせで、侑志がまだそうじゃないと、なんとなく居心地が悪い」とか？

思わず疑心暗鬼になってしまったが、清光はそんなことを思うような人じゃない。

――「自分もしあわせだから、侑志にもしあわせでいてほしい」って思ってて、清光は『しあわせな侑志』を確認したいのかもな……。

どっちにしても、侑志にとってはつらい確認でしかない。

いつまでも続きそうなQ＆Aだが、嘘の代償として侑志は答えなければならないのだ。

清光にもっとじゃんじゃんお酒を飲ませて先に潰せばいい、とも考えたが、その思惑はかなわなかった。

清光から根掘り葉掘りされたインタビューにより、侑志の架空の恋人キャラ設定がすっかり完成したころには、ふたりともいいかんじに酔っ払ってしまったのだ。

十七時過ぎに入った居酒屋を出たのはなんと二十二時だった。

その間、ずっと『架空の恋人との架空のラブストーリー』を捏造する苦行に終始していたわけじゃない。『マローンSC』のホペイロとしての考えや、チームの今後の方針、今回の専属契約で何を重要視しているかなど、互いに熱く意見を交わして気持ちをひとつにした。清光の今の仕事の内容や、SNSを覗《のぞ》くだけでは詳しく分からなかったことも知れて、侑志としてはそんなうれしい収穫もあった。

清光は『MHL』のヘルスケア部門コンシューマー販売事業部に所属し、そこでは『営業・統括マネージャー』という肩書きらしい。美容美白アンチエイジング化粧品や栄養補助食品の販売を担う部門で、その商品を扱う小売店・デパート等に出向き、売上や納品管理はもちろん、企画や業務の進捗をフォローする管理者的な立場だ。

彼に貰った名刺を、侑志は高く掲げて眺めた。

侑志もこの会社の健康補助食品にお世話になったことがあるが、清光はそういう医薬品・医薬部外品の部門ではなく、主に化粧品やサプリメントを扱うチームを担当している。その営業先でも『マローンSC』のスポンサーを募ったり、人脈を広げて練習試合を申し込んだりなどマネージャー兼ホペイロとしての仕事も同時にこなしているようだ。

清光がトイレと支払いを済ませて、居酒屋の外に出てきた。

「はい、割り勘のおつり」

侑志の手のひらに百円玉を二枚、ちょんとのせて、なぜか清光がその小銭を離さない。取ろうとしたら取らせてもらえない、みたいな、酔っ払いらしい面倒な絡まれ方をされるのかと思って目線を上げると、清光におつりごと手を握り込まれた。侑志は反射的にびくっと肩が跳ねたが、清光はとろんとした目線を手元に落としている。

「ユウ」

ひさしぶりにその呼ばれ方をされて、侑志はどきどきしながら瞬いた。清光がそう呼ぶのは高校時代からいつも唐突で、そのタイミングがやっぱりいまだに分からない。

侑志が「何?」と問うと、清光は「んー……」ともう片方の手で自身の頭をかいた。

「……そっかぁー……侑志はぁ、今ー、彼氏に愛されてて、しあわせなんだな……だって遠距離なのに二年も続いてんだもんな……」

「……まだその話する? まぁ……距離的には離れてるけど、しあわせだよ」

百万回くらいは嘘をついた気分だ。するすると『架空のラブストーリー』を紡げる。

もういいだろ、許してくれよ、と思う。

本当はこんなばかばかしい嘘なんかつきたくない。相も変わらず、侑志は清光が大切で、彼だけを想ってついた嘘だけど、そうすることで「絶対にふたりの間に恋は芽生えない」という事実を塗り重ね、失恋を強く確実にしているだけなのだ。

手はつながれたまま、清光が放してくれなくて困った。

「そろそろ……」

帰りたい。つらいのとうれしいのと、どっちもあるけれど、侑志は今、つらいのが少し多いからだ。

「もう帰る？　まだ、いやだな……ぜんぜんたりない」

「けっこう飲んだよ」

「酒じゃなくて。八年分、ぜんぜん埋まらない」

ふらりと上がった清光の潤んだ眸に、侑志はうっかり捕まってしまった。

つらいのとうれしいのと、甘い緊張感もはらんでいる。

「侑志の中で……これ、浮気に入る？」

清光はつないだ手を見下ろした。

「……え？　手ぇつないでるのが？」

もし本当に恋人がいるなら、たとえば清光が彼氏になってくれたなら、他の男と手なんてぜったいにつながないと思う。仕事以外で他の男と飲みにだって行かない。好きな人の言いなりになるのではなくて、清光を自分のものにできるならそれ以外はいらないというだけだ。

「うーん……人によっては、浮気になるかもね」

「えっ、まじで?」

それでやっと手を放してくれたけれど、清光は彼女のためにそうしたのだろうし、この放され方は泣きたくなるほど切ない。

「清光は駅いっこ分だろうけど、俺は今から新板橋まで帰らなきゃ」

「だったらうちに泊まればいい……は、完全に浮気になるか……」

清光は「あああ」と顔を手で覆った。

「なんでだよー……なんでおまえ彼氏いんの?」

それは侑志が『普通の男』だったら気軽にお泊まりできたのに、という嘆きだろうか。

——そういう意味で言ってるんじゃないだろうけど、なかなかにキツイよ、清光。

でも、清光の無神経な発言は、彼のせいではない。

「清光、また飲みに行けばいいし。この先仕事でいろいろとお世話になるから、いくらでも機会はあるよ」

「もう、急に消えたりしないよな」

清光は顔を覆っていた手をおろし、侑志を見つめてくる。

一方的につながりを断絶された側の清光は、切った侑志以上にきつかったのかもしれない。

侑志はポケットに入れっぱなしだったいちご味のチョコの箱を取りだした。駄々をこねる子どもを宥《なだ》めるときは、甘い菓子が有効だ。侑志はそれを清光の手に握らせた。

「……消えたりしない。来週さっそくストレッチ指導で『マローンSC』に行くんだし。仕事なのに消えるとか、そんな無責任なことするわけない。それに清光は、高校の頃からの、大事な友だちだから」

変わらない友情、その象徴のような菓子箱を清光は見下ろしている。

離れて八年経って、巡り廻って、偶然に再会した。

清光は友だちとしての再会を望んでいて、彼のそんな想いを壊さないためにも、侑志はそれを呑むしかないのだ。

□ 5 □

架空の恋人設定について、侑志《ゆうし》は思い出せる内容はスマホに書き出した。何せ侑志もあのときだいぶ飲んでいたので、ところどころの記憶が飛んでいる。

——清光《きよみつ》もだいぶ酔ってたし……。そんなに訊《き》かれることももうないだろ。

あるとすればあとはもう「デートどこ行った？」というような現在進行形の質問くらいだ。幸い、架空の彼は海外にいる設定になっているので、それが回避できる。咄嗟《とっさ》の嘘《うそ》とはいえ我ながらグッドアイデアだったと思う。

侑志はスクラブから私服に着替えて、病院を出た。

土曜日の今日、侑志は午前中の勤務、午後からの事務作業と雑務を終え、『マローンＳＣ』の練習が行われている『ＭＨＬ』敷地内のグラウンドへ向かっている。交歓会から一週間が経《た》ち、今日はそこでリスク回避のためのストレッチ方法を指導する予定だ。選手との距離を縮めて、些細《ささい》な不調も相談しやすい環境、関係を築く目的もある。

十五時十五分、グラウンドに入った。

団体競技だからといって、最初から最後まで全員で号令をかけて同じストレッチをするのは古いやり方だ。伸ばしたい筋、ほぐしたい筋肉、もともとの身体《からだ》の柔らかさ、年齢だってみんな違う。適当に不適切なストレッチを行うと逆効果になりかねない。

選手ひとりひとりの身体の動きや状態を見ながら、侑志はそれぞれに合ったストレッチ方法を伝えることから始めた。選手全員なので、終わったのは二時間後。

途中、様子を見に来た清光は、短くあいさつしただけで仕事に戻ったらしく、終了後のグラウンドにもロッカールームにも現れなかった。そもそも選手ではなく裏方なので、練習時間にグラウンドをうろつくほど仕事が暇でもないのだろう。

侑志はいつも病院内でスクラブを着用して活動しているが、ここでは屋外という状況に合わせてトレーニングウエアだったので、帰宅のためにロッカールームで私服に着替えた。

「宮坂《みやさか》さん、シャワーを浴びなくていいんですか」

侑志に声をかけてきたのは『マローンＳＣ』のエース、西脇《にしわき》レオだ。芸能人みたいな名前の彼は日本とアメリカ人のハーフで、今すぐモデルになれそうなかなりのイケメンときている。シャワーあとで濡れており、ちらりとこちらに向ける湿り気を帯びた眸《ひとみ》が色っぽい。

「あ、うん。あんまり汗かいてないから逆に冷えそうだし、帰ってからでいいかな。夕方になるとけっこう肌寒いよね」

「川沿いですしね。雪が降ると横殴りでやばいです」

ポジションはトップで、人当たりがいいところや朗らかな喋《しゃべ》り方など清光と共通点が多い。

「理学療法士って、リハビリのときにだけ係《かか》わる人だって思ってました」

レオは濡れた髪をタオルで拭きながら話を続ける。

彼の傷害歴は、高校時代の『外側靭帯損傷《がいそくじんたいそんしょう》』のみだ。清光のはじめてのケガもそれだった。

「まぁ、普通はそうだね。でも、治療してリハビリして復帰するってだけじゃ、同じことを繰り返すかもしれない。そもそもケガをしにくい身体のほうが選手としてトクだし、プレーも安定する。チームのためって気持ちの前に、もっと自分の身体を大切にしてほしいなって思う」

「それって、清光さんのことが関係ありますか」

やけにストレートに言い当てられて、侑志は目を瞬かせた。タオルを首に引っかけたレオがじっとこちらを見てくる。清光は結局高校時代からこれといって目立つ成績を収めていないので、レオが彼のケガについて知っているなら、そのことを話したのは清光自身なのだろう。

「うん……当時は俺もただの高校生で、何もできなくて、傍《そば》で見てただけだったから。今から過去には戻れないけど、目の前に痛みを抱える選手がいるなら、なんとかしたいって思う」

するとレオは静かにうなずいて、別の話題を振ってきた。

「あの背中の多裂筋を鍛えるトレーニングって、ラグビーの日本代表がやってるやつですよね」

今日全員におしえた、背中のインナーマッスルの鍛え方だ。背骨を正しいポジションで維持

するために、そこを制御している筋肉が重要になってくる。

「そう。多裂筋、腹横筋、骨盤底筋を鍛えて、激しい接触プレーに負けない身体をつくるって部分で学ぶところが多いよ」

「外国人選手に当たられても、倒れないで突っ走れる身体が欲しいっすね」

「日々の積み重ねも大事。ストレッチを毎日こつこつ続けて体幹を強くすれば、ケガの予防だけじゃなくてパフォーマンスを向上させられる。レオくんは今年二十一歳で、これからはもう衰える一方だなんて思ってる？　まだ若いし、正しいケアをして身体を作っていけば、今以上になれるよ」

　侑志が励ますと、レオはゆっくりまばたいた。

「今以上に、なれるかな。身体はキープするものだと思ってた」

「リーグ昇格を目指してるって聞いたけど、キープなら2位、リーグ2部のままだよ」

　侑志の手厳しいツッコミにレオが目を大きくして「そうですね」と笑った。

　レオとロッカールームを出て構内を歩いていると、ビルのエントランスの辺りで急いでいる様子の清光とばったり会った。

「侑志！　よかった、間に合った。おつかれ！」

清光は侑志に飛びつきそうな勢いだ。それまでレオの姿が目に入っていなかったみたいに、そこでやっと「おっ、レオ、練習おつかれ」とあいさつしている。

「やけにはしゃいでますね、清光さん」

「そりゃあ、だってさ！　あ、侑志、ビッグニュース！『クライム』が復活するって！」

ハイテンションの訳が分かって、侑志も「えっ⁉」と声を上げた。

レオは「『クライム』？」とぴんと来ていないようだ。

「四人組のロックバンド『ＣＬＩＭＢ・ＩＮＧ』で、通称『クライム』。えっ、レオ知らない？」

「……『クライム』……聞いたことはある、かな」

『クライム』は清光と侑志が高校を卒業したその三月末に、突然解散を発表したのだ。解散当時レオが十三歳くらいだとすると、その反応も無理はないが。

「うわ～、ジェネレーションギャップ感じるなぁ」

苦笑いする清光に、レオは「すみません、だいぶ若いんで」と煽《あお》って笑っている。

「そういうわけで侑志、カラオケ行こう」

「えっ？　今からっ？」

「今からに決まってる！『クライム』復活だぞ。ひさしぶりに大声で唱いたい！」

驚く侑志の横でレオが「俺はなんか食っててていいスか」と同行のてい で勝手に返事をするの

で、清光が「レオ、ここは遠慮しなさいよ」と窘《たしな》める。

「『クライム』を知らんなどと言うレオはだめ。よい子は帰宅する！」

「えー、じゃあ今度、焼肉奢《おご》ってくださいね」

「食べ放題だったらな」

「ちぇっ、『営業・統括マネージャー』なのに」

「役料なんてついたって微々たるもんだし、そんな偉いもんでもないって何度も説明してるだろ？　仕事でも俺はＢＡさんのお世話係みたいなもんなの」

「俺みたいな生意気なのとか面倒くさいのとか相手すんの、大変っすよね」

レオはふたりの会話の間にいた侑志のほうをちらっと一瞥《いちべつ》して、「邪魔するとアレなんで、帰ります。おつかれっしたー」とこちらに向かって手を振って去った。レオをのんきな調子で見送る清光に、侑志は困惑の色を浮かべたままだ。

「ほんとに今からカラオケ？　仕事は？　俺、帰ってからって思ってたからシャワーも浴びてないんだけど」

「もちろん仕事は終わらせた。侑志、シャワってない、と？」

いきなり、くんっと、耳の辺りを嗅がれて、侑志はのけぞり「おわあっ！」と真っ赤になって悲鳴を上げる。

「何っ……！」

「うん、だいじょうぶ、臭くない」

「そういうっ……」

気遣いがゼロすぎる行動に驚いたのと興奮しすぎで、息と声が続かない。

——そ、そりゃあ、そっちはただの友だちって感覚だろうけど！

不意打ちすぎて平然とできない。不意打ちでなくても、できないが。

「……侑志があんまりのり気じゃないならいいけどサ……」

侑志の心情に気付いていない清光はしょぼんとするまねなどして「『クライム』復活がうれしかったんだけど……」とぼやいている。

侑志は小さくため息をつき、気持ちを切り替えて顔を上げた。

「わ、分かったよ。俺だってうれしいよ。でもそれほんと？　ガセじゃない？」

侑志が問うと清光は眸をきらんとさせて、得意げにスマホのディスプレイをこちらに向ける。

解散後も、『クライム』の公式サイトとファンクラブのページは残されたままだった。

情報が更新されることはなく八年が経ち、まるで時がとまっているようだった公式サイトのトップページ。そこに今は『クライム、再始動』の文字が表示されている。

侑志は目を見開いて、それを凝視した。

「な？　ほんとだろ？　俺も、もうないと思ってた」

いち早く知った清光は表情も声も興奮気味だ。

「復活ライブ、新曲発売、夏のロックフェスに出演、ツアー決定……？」

「そうなんだよ！　五月末の復活ライブ、渋谷《しぶや》のだいぶ小さい箱だよな。チケット取れるかな」

「ライブ会場のキャパ三百人……チケット争奪が熾烈《しれつ》すぎる……」

ファンクラブも当然解散している。チケット販売サイトでの抽選販売と一般発売でしか、チケットを購入できないようだ。

「そんなの尚更《なおさら》行きたい。復活の瞬間に、そこにいたいよな？」

眸をきらきらさせている清光に、侑志は「申し込もう」と強くうなずいた。


カラオケルームで清光と侑志は、ひさしぶりに見るミュージックビデオをコンサートのノリで楽しんだ。

街を歩けばどこかで必ずかかっていた『クライム』の曲も、もうみんな忘れてしまったように流れなくなっていたけれど、侑志は自分の部屋や、通勤の電車の中でも『クライム』の曲を聴いていた。

聴けば清光を思い出す。カラオケで熱唱する清光のこと、清光と一度だけ行ったコンサートのこと、電車の中で『イヤホン半分こ』したことも。

――ワイヤレスイヤホン全盛期に顔を寄せ合う必要もないから、今の子たちはときめくシチュエーションがいっこ減るのかな。

夜の繁華街の片隅に立つ若いカップルは、スマホのディスプレイをふたりで仲良く覗《のぞ》いておしゃべりしている。侑志はそんなほほえましい光景を横目にしながら通り過ぎた。

高校を卒業して清光と離れて、『クライム』も解散した。それから八年経ち、清光と再会して間もなく再結成のニュースなんて、ドラマティックな偶然に思える。

隣を歩く清光が「あっ」と声を上げた。

「……俺とライブとか行っても、怒られない？　まぁ、チケットが取れたら、だけど」

清光に訊かれて、侑志はなんのことかぴんとこなかった。

「だから、その……彼は気分悪くしないかな」

そう問われて、はっとする。『架空の彼氏』とつきあいはじめて日が浅すぎるので、その存在をぺろっと忘れそうだ。

「あ……あぁ、うん。べつにそんな、気を遣わなくていいよ」

「……そう？　さっき行ったみたいな、ふたりきりのカラオケとか、ごはん食べたりとかも」

カラオケでは『クライム』縛りで三時間。唄って、ちょうどおなかもすいたので、そこでカラオケメシを食べた。

「だいじょうぶだよ」

「ほんとはすっごく嫉妬深くて、報告しないで隠しておくから、とかじゃなくて？」

やけに心配してくれる清光に、侑志は「うん」とうなずいて笑った。

それで納得してくれたかと思っていたが、清光は違う解釈をしたようで何やら神妙な顔つきになる。

「……うまくいってる？」

「えっ？」

「だから、彼との関係だよ。日本とニューヨークで離れてるし、時差あるし。すぐ話せない、会えない分、侑志が何やってるのか、誰と会ってるのか、彼は気にならないのかなって」

侑志は内心で、酔っ払ってした話をよく覚えてるな、と感心した。

「そういうの気にしてたら、やってられない」

「……寛大なんだな」

清光がこだわるので侑志は首を捻《ひね》ったが、ふと思い当たった。

——……もしかして清光は、自分が『高校時代、侑志に好意を告白された』っていう、普通の友だちとは少しちがうポジションだって意識して、そういうこと訊いてる？

「かつて好きだった男と、デートまがいのことをしても彼氏は怒らないのか、って心配してくれてる？」

侑志が問うと、清光は答えにくそうにする。

「だいじょうぶ。大事にしてもらってるよ。遠距離だからすぐに会えないのは仕方ないし、会えない間の相手のことを疑いだせばきりがないから、信じあうしかないって思ってる」

もっともらしい遠距離恋愛論に、清光はただ眸をゆらしている。

あの無計画な告白のせいで、いまだに気を遣わせて、彼の心の枷《かせ》になっているなら申し訳ない。気にしなくていいよ、じゃなくて、別の言い方をしないときっと彼はいつまでもそこから解放されない。

もうすぐ最寄り駅だ。

さよならと別れる間際に、決断を誤ってもう二度と失敗してしまわないように。

「清光、高校時代のことは……もうぜんぜん気にしなくていいよ」

侑志はちらりと隣を窺《うかが》った。清光はまばたきをしないで、じっとこちらを見てくる。

「清光はクラブチーム時代からみんなの憧れの的だったし、俺もサッカー少年のひとりで、やっぱそういうスター性のある人ってそれだけで惹《ひ》かれるところあったよなぁって……今振り返ると、そう思うんだ」

「……憧れ……？」

「恋っていうより、憧れみたいなかんじだったかなって……今思うと」

好きだなんてまちがいだったと、そこから否定してしまえば、清光がいつまでもそれに囚《とら》われたりしない。

「……今の彼に対する気持ちとは違うってこと？」

そう問い返してきた清光の眸は揺れ、表情がこわばっているように見える。

——……清光？

侑志は清光のその反応に戸惑いながら、半ばなりゆきで「……そう、かも」と答えた。

清光は何か言いたげにくちびるを動かしたが、言葉を呑《の》み込んで沈黙する。まるで侑志の言葉に傷ついたような反応だ。

——「そんなに好きだったわけじゃない」って言い方したら誰だっていい気分はしないだろうけど、これで今後は気にしないでいてくれたら……。

「えと……じゃあ、俺、こっちだから。チケットの抽選、申し込んでおくよ」

駅の方向をさすと、清光が茫然《ぼうぜん》とした顔のまま「……あぁ、うん」とうなずいた。

「——侑志！」

去り際に呼ばれて振り返る。まるで清光がお留守番を言い渡された犬みたいな目でこちらを見るから、侑志は思わず頬《ほお》をゆるめた。

「次のうちのトレーニングのあと、またカラオケ……じゃなくても、飲みとか、行こうな」

「……でもそれ、一カ月後だよな」

侑志が定期で入るトレーニング指導は月に一回の予定だ。あとは選手個人で気になることや不調があれば、ＬＩＮＥでいつでも個別連絡や相談ができるフォロー体制となっている。

「あー……うん、それはまぁ、気の早い予約みたいなもん。それとは別で、うちのトレーニングがないときも、急に『ごはん行こ』ってＬＩＮＥしてもいい？　侑志の仕事、木曜と土曜は午前診療で終わるし、遅い日でも十八時過ぎなんだよな？」

清光がなんだかちょっと必死なかんじだ。

侑志は少し笑って、やせ我慢で「暇だったらな」とうなずいた。

清光からはほぼ毎日ＬＩＮＥが来る。

『髪も顔もなんかぱさぱさで乾燥するって言ってたけど、うちのこれオススメ。今度会ったときに渡す』と自社製品のサプリメントの画像や、『侑志に教えてもらったストレッチを休憩中に毎日まじめにやってるレオ、隠し撮り』と製造工場の休憩室での一枚を送ってきたり。

そんな清光とのやり取りを何度もスクロールアップ、ダウンさせて眺めるのが、侑志のこのごろの暇つぶしとなっている。

今はちょうど病院の昼休憩の時間で、侑志は看護師やスタッフが集まる控え室で弁当を食べながら、すでに何度も覚えるくらいに読んだ清光からのメッセージを見てくすっと笑った。

二日前の月曜と、きのうも清光から『今日、夜ごはんどう？』と誘われたが、別の約束があったり、ちょうど仕事に関連した講習が入っていて断った。

緊急でもさほど重要でもない、どれも他愛ないやりとり。友だちとしてのつきあい方を逸脱することなく、いい距離感でうまくやれていると思う。

——今度はもう、失敗しない。

侑志はそう何度も自分に言い聞かせている。

高校の頃に告白したあと、しょぼんとした清光の背中を遠くから見た光景が、今もくっきりと頭に浮かぶ。あのとき清光にとっての『大切な友だち』という関係を壊したのは、他ならぬ侑志だった。

——清光につらい思いをさせたくないし、あんな清光を俺も二度と見たくない。今度こそだいじょうぶ。

スマホを操作しているとき、ＬＩＮＥの通知音が鳴った。

レオからのＬＩＮＥメッセージだ。

『きのう、練習中に足首捻って。痛いです』

「えっ……」

のんびりした空気から一転、侑志は顔色を変えた。

痛みがあるというので腫脹《しゅちょう》の具合を訊《たず》ねると、レオから患部の画像が送信されてきた。

「腫れてる……」

徳永《とくなが》院長に診てもらわないと分からないけれど、痛みと腫れがある場合、足関節捻挫、いわゆる外側靱帯損傷の可能性が高い。彼は高校時代にも同じケガを負っている。

侑志はすぐさま東京都のサッカー関連サイトを開き『リーグ2部』の試合日程を確認した。

「四月第三土曜日……今週か……」

月に一回の頻度で社会人サッカーリーグの試合が入っているが、仮に外側靱帯損傷だとして、損傷の度合いがグレードⅡ程度なら四月の試合は欠場することになるかもしれない。

侑志は今日中に院長の診察が可能かを確認するために、控え室を飛び出した。


「捻った直後にアイシングとか、必要なＲＩＣＥ《ライス》処置はしたんだけど……」

連絡を貰《もら》った日、『徳永整形外科医院』の通常の診療時間が過ぎてから、受傷したレオに付き添うかたちでやってきた清光がそう説明した。

ＲＩＣＥ処置というのは、腫脹、疼痛《とうつう》を防ぐことを目的に、患部を冷却、テーピングするなどの緊急処置だ。それで治るようなら損傷レベルは軽度のグレードⅠとなる。

診察と固定が終わった頃に、侑志は二階のリハビリ室から一階の処置室へ下りた。

徳永院長の診断では外側靱帯損傷のグレードⅡで、十日ほど患部を固定後リハビリ、とのことだ。

今週末の試合が頭にあるレオは、しゅんとなっている。でも今無理をすれば、何度も捻挫を繰り返すようになり、最悪の場合手術という可能性も出てくるのだ。

「侑志、試合復帰までのリハビリってどれくらいの時間がかかるかな」

「固定が取れたあとの状況にもよるけどグレードⅡだと……二カ月くらいはかかると思ってもらわないと……」

清光とそんな会話をしていると、パーティションで仕切られた向こうの診察室にいた院長がこちらへ顔を覗かせた。

「これくらいですんだと思って、今は我慢することだね。高校のときの捻挫も、こっちの足首だったんでしょ？　ここで耐えれば六月末の試合には出られるはずだから」

院長の言葉に、レオががっかりした声で「……はい」とうなずいた。

リーグ昇格がかかっているエースの二試合欠場はチームにとって大きな問題だし、それをレオ自身もよく分かっている。

「お大事に。十日後、リハビリ室で待ってる」

侑志がレオに声をかけると、レオは最後に少しだけほほえんでくれた。

レオを待合用のベンチに残して、清光が侑志に近づき「急だったけど時間外に対応してくれてありがとう。助かった」と礼を伝えられた。『徳永整形外科医院』は主にスポーツ傷害の外来を受け付けているため、基本的に予約が必要だ。

「いや、今日は診療時間内に診れなかったから、逆に待たせてごめん。俺は先生に話しを伝えただけで、そうするための専属契約なんだし」

侑志がにこりとすると、清光もほっと笑みを浮かべた。


十日後、レオの足首の腫脹はすっかり引いたので、ギプスで固まった足首を柔らかくし、衰えた筋力を取り戻すためのリハビリを開始することになった。

理学療法士の侑志が、医師の診断と患者の状況を見てリハビリ計画を立てる。

ちょうど社会人サッカーリーグの試合が行われ、その応援の帰りで、この日も清光がレオに付き添って来院した。レオと一緒にリハビリ内容の説明を受けて、今は少し離れたベンチで施術の様子を見守っている。

侑志はレオの患部を中心にマッサージを施し、自宅でも実践してほしいリハビリの方法など一時間ほどかけて指導した。

「まずはここに週二でリハビリに来てもらって、状態を見ながら週一に。自宅で毎日、リハビリをがんばって。ギプスが取れたからってぜったい無茶しないようにね」

レオは神妙な面持ちでうなずいた。

侑志に向けて「じゃあ、次は火曜日に連れてくればいい？」と問う清光に、レオが「あぁ、もうだいじょうぶっすよ、清光さん」と返す。

「ギプス取れたから、次は俺ひとりで来れます。仕事が忙しい清光さんに毎回付き添ってもらうなんて、子どもじゃないですし」

レオはちょっと恥ずかしそうだ。かたや清光は「えっ」となぜか残念そうにしている。それに同じく気付いたレオが目を丸くしてぷっと笑った。

「なんで清光さんががっかりしてるんすか。あ……あぁ、宮坂さんに会いたいから?」

レオのツッコミに清光が瞠目《どうもく》している。侑志も目を瞬かせた。

「べつにそういうわけじゃ……。レオに付き添えばそのまま直帰できるからだよ」

するとレオが「うへぇ」と呆《あき》れて、また楽しそうに笑った。

「清光さん、意外と子どもっぽいとこあるんですね。いつもそんなじゃないくせに」

ちらっと侑志と清光を意味深に見て、レオは自身の荷物を手に取った。

「宮坂さん、今日のリハビリとご指導ありがとうございました。じゃあまた、火曜に来るので、よろしくお願いします」

「あ、はい。しっかり治そうね」

「六月の試合には出たいんで。はい」

とっとと最後のあいさつをして帰ろうとするレオを追って、清光が慌ててバッグを掴《つか》む。

「侑志、またLINEするから」

エレベーター前で慌ただしいふたりを見送ると、扉が閉まる寸前に清光と目が合った。

何か言いたげに、清光の眸が揺れる。

——……何？

侑志も目で問いかけたけれど、清光は口元に笑みを浮かべただけだった。


火曜日の次は金曜日に、レオの三度目のリハビリを行った。

その翌日、土曜日の午前十一時、清光から電話が入った。朝から行われていた職場のレクリエーションの際に、指を負傷したらしい。

指がみるみる腫れてきたとのことで徳永院長が診てくれる運びとなり、午前の診療時間ぎりぎりにジャージ姿の清光がやってきた。

ほかの患者の診療がすべて終わり、侑志も診察室のはじっこから中を覗いて、清光の様子を見守った。彼の右手の人差し指が不自然なほどに腫れている。

院長は清光の患部を診て、「何やったらこうなったの？」と笑った。

「職場のソフトボール大会、毎年この時期に開催するんですけど、サード強襲のゴロをうっかり素手の右手で、ばしっと、かっこよく捕ってしまって。いやぁ……ばかですよねぇ……」

いくら清光とはいえ、サッカー以外はどれも不慣れなスポーツだ。

「素人あるあるだねぇ。どうせ職場のかわいい子にいいトコ見せようと思って無茶したんでしよ。これ最悪折れてるかもね。ここ痛いでしょ」

院長に指を弄《いじ》られ、「いったいっ!」といいおとなが悲鳴を上げている。

「先生、骨折だなんて脅かさないでくださいよ」

「もしくは打撲かヒビか。とりあえずレントゲン撮ってみようか」

目尻の涙を拭うまねなどしながら侑志に向かって「助けて」と嘆く清光は、女性看護師によってレントゲン室に連行される。

「おもしろいよね、彼」

笑っている院長に、侑志が「いつも急ですみません」と会釈した。

「いやいや、登永《となが》さんも『マローンSC』の一員だからね。お世話係《ホベイロ》が手をケガしちゃだめじゃない?」

「いろいろと不便ですよね……右手人差し指だと」

「ケガしててもつい無意識に右手出ちゃうしねぇ。彼、独り暮らしだっけ?」

「そう聞いてます」

シーネで患部を固定することになっても、慣れれば包丁くらい使えるようになるかもしれないが、当面はスーパーの惣菜《そうざい》やコンビニ弁当を買って乗り切るしかなさそうだ。

院長の診断の結果、第二関節に小さなヒビが入っていた。三週間ほど骨が癒合するまで固定し、そのあとリハビリとなる。

「一般的に『ヒビ』って軽く思いがちだけど、正式には『亀裂骨折』っていうそれも立派な『骨折』だからね」

「はい。あ、先生、これ、お風呂入っていいんでしたっけ」

「どうぞ。濡れないようにビニールかなんか巻いて。それか、彼女にでもお世話してもらえばいいんじゃない？」

からかう院長に、清光はただ苦笑いした。


侑志は診察と処置が終わった清光と一緒に、十三時頃に病院を出た。

「清光、お昼はどうするつもり？　夜ごはんは？」

「うーん、この手じゃ不便だし……なんかその辺で買って食べるかなぁ……」

そうぼやいて、清光は自分の右手を見下ろしている。

袋を開けるとき、ハサミを使うときも、その人差し指以外を使えばなんとかなるが。

侑志はしばし逡巡《しゅんじゅん》し、清光の背中を押した。

「仕方ないな。今日はつきあうよ」

「……えっ？　ごはんにつきあってくれる？」

あきらかに清光の声が明るく跳ねたので、侑志は顔をしかめた。そんな侑志に、清光が畳みかける。

「『今日は』ってことは、夜ごはんもつきあってくれるってことかな」

清光はまるでぱたぱたと尻尾を振りたくる犬のようだ。

「……何を歓《よろこ》んでんだよ」

「いやっ、そんな歓んでるだなんて。見てくれよ、これ。亀裂骨折だぞ？」

清光は険しい顔で、シーネ固定&包帯を巻かれた右手を侑志の前に翳《かざ》して見せる。

侑志がじっと清光の目を見つめると、彼の頬がみるみるゆるんだ。

「……だっ、……えっと……はい、ちょっと歓んでしまいました。俺がごはん誘っても、侑志いつも忙しそうだしさ……」

だんだん語尾が拗《す》ねた口ぶりになる清光を前に、侑志はようやくはっとした。そういえば清光が何度かごはんに誘ってくれたけれど、そういうときに限って用があったために連続で断っていたのだ。

「それはだから……仕事とか、そのつきあいとか、断れない用件だったたし」

「……仕事だったたんだ？」

清光とのＬＩＮＥでは具体的な理由を説明しないまま、『今夜は忙しくて。ごめん』としか返していない。

「清光からＬＩＮＥがこなかった日は、わりかし暇だった」

「じゃあ侑志のほうから誘えっつーの」

いつものように清光個人のツイッターを見ていて、忙しいのを知っていたからＬＩＮＥトークも控えていただけだが。

清光は「なんだ……」と小さくつぶやいた。

「てっきり彼氏関連かと……」

「彼氏関連？」

「遠距離カップルって、ビデオ通話しながらごはん食ったりするだろ」

「……へぇ、そうなんだ」

思わず侑志は素でそう返してしまった。今度は清光が驚く番だ。

「えっ、彼と『ビデオ通話メシ』したことないの？」

「し……しないね。あんまりそんな、電話とか、好きじゃない人なんだ」

咄嗟についた嘘に対し、清光は「ふーん……」と腑《ふ》に落ちない顔だ。嘘が露呈しそうな焦りと、その手じゃいろいろたいへんだろうなという気持ちもあって、侑志は「今日はいいよ」と口走った。清光が「え？」と目を大きくする。

「とくに用事もないし、夜までつきあうよ」

快諾すると清光がとうとう「やったね！」とあからさまに歓んだので、侑志は破顔した。

何かと不便なら彼女に頼めばいいじゃない——とは、死んでも言いたくない。それを口にすれば、清光は実際そうするに違いないからだ。意地からでも、彼女の『か』の字すら出すもんかと思う。

昼はスプーンで食べられるオムライス専門店に入り、夕飯のための買い物をして清光の部屋へ移動した。

清光の部屋に招かれて、到着するまでは内心ではわくわくして浮かれていた侑志も、玄関に入ってからはっとした。

——ここって、彼女も来てるんだよな……？

いやな想像をしてしまいそうになり、侑志はぎゅっと目を瞑《つむ》ってそれをやり過ごした。口には出さないけれど、頭の隅にはあの相原月子《あいはらつきこ》の存在がある。

「侑志？　上がって。そんな広くないけどさ」

清光に手招きされて、侑志はようやく「お邪魔します」と靴を脱いだ。

住吉駅《すみよしえき》から徒歩八分、賃貸マンションの三階、清光の部屋は広めの1DKだ。

「築二十五年で、角部屋だから二面バルコニー付き。敷地内ごみ置き場、オートロックなんですよ、お客様」

不動産屋の内見みたいに清光に案内されて、侑志は「ほ～、なるほど～」とそれに合わせて相槌《あいづち》を打った。「うわ～やっぱ男の独り暮らし」と嘆息するような悲惨な状況ではなく、部屋はきれいに整頓されている。侑志は今日突然来たので、いつもこれくらいは整えられているのだろう。

——彼女が掃除してくれるのかもだけど。そんなツッコミぜったい死んでも言ってやらない。

玄関からの動線に、ぱっと目につくような『彼女の痕跡』もなかった。

「すぐ近くにスーパーがあって、商店街、安い青果店やら精肉店もあって、住みやすそうだな」

「さようでございます。それになんと、バルコニーからスカイツリーが見えるんですよ」

清光がバルコニーへ続く窓を開けてくれたので一緒にそこから外に出てみて、侑志は笑った。

「前のマンションで先っぽしか見えない！」

「だからまぁ、この辺にしてはちょっとお安い」

「管理費込みでいくら?」

「八万五千」

「新板橋《しんいたばし》だったら築年数一桁の１ＤＫが借りれるかも」

お互いの住まいについて話しながら、部屋に戻る。

「夕飯はもうちょっとあとでいいし、先に風呂入ろうかな」

「バスタブは洗ってる?」

「いつも風呂から出るとき洗ってるからきれい。だいじょうぶ」

そう答えた清光はバスルームへ移動し、入浴のための準備を始めた。その間に侑志はスーパーで買ってきたものを「冷蔵庫、開けるぞー」と声をかけて、一旦しまうことにする。

とりあえずフォークでも食べられるもの、を基準に数食分のメニューを考え、ふたりで買い物してきた。今日の夕飯は揚げるだけのチキンカツと根菜メインの温野菜サラダの予定だ。

清光とふたりで買い物をすると、高校時代に一緒に作ったベーコンときのこの和風パスタを思い出さずにはいられなかった。だって、侑志が清光に告白してふられた日のメニューだ。

だけど買い物をしながらあえてその話題にはふれず、「独り暮らしをするようになってから、節約の必要に迫られてそこそこ作れるようになった」と、現在の食生活について話した。

「冷蔵庫に適当に入れるからなー」

バスルームの清光に向かって声を張ると、「よろしくー」と返ってくる。

本当はそこまで気にしたくないが、冷蔵庫の中にも『彼女の痕跡』がないことを目の端で確認してしまう。

独り暮らしには不必要な大きめサイズの調味料、小分けして整頓されたストック食材、要冷蔵の化粧水、フェイスパック――そういう『いかにも彼女がいそうな冷蔵庫内』ではなく、実際は『空いてるところに突っ込みました』なかんじで雑然としている。

買ってきた食材をすべてしまい、扉を閉め、それに寄りかかって、侑志は「はぁ……」と大きなため息をついた。

――きーも。俺ってこんなキモイやつだったんだ……。

ひとたび清光が絡むと、異様に粘着質な自分に気付いていやになる。こういう行動や心理を『女々しい』と表現するなら、自分はまさにそうなのだろう。

「ユウー」

いきなりすぐうしろから呼ばれて、侑志は「はいっ？」と声がひっくり返った。

「中に着てたやつのボタンが取りにくい。このまま脱ぐと襟ぐりが伸びるんだ」

清光はジャージの下にヘンリーネックのプルオーバーを着ていたようだ。

「あー……はいはい。ボタンぜんぶはずしたほうがいい？」

「イエス。お願いします」

ボタンをはずしながら、本当は心臓が壊れそうなくらいにどきどきしている。それを悟られないよう、侑志はなんとかこっそり唾を飲んだ。

「頭、洗える？」

「えー……うんー……どうかなぁ」

左手は無傷なのだし、がんばれば洗えるだろ、と本心では思う。

ちらっと目線を上げると、清光が口元をゆるめていた。

「……なんだよ？」

「人に洗ってもらうと気持ちいいよな」

「つまり俺に洗ってくれと。……なんか清光、ずうずうしくなってない？」

「いや、このかんじ、ちょっと楽しいなって、浮かれちゃって。俺の実家に、二週間泊まったときのこと思い出すなぁ」

佑志は再びひそかにこくっと唾を嚥下《えんげ》した。

清光は知らないだろうけど、あのときすでに佑志は清光のことが好きだった。好意を持っていながら、松葉杖《まつばづえ》の清光を介助するために泊まり込んで、通学の手助けをした。清光はあのときも「髪乾かして」とか「肩貸して」とか、ここぞとばかりにわざと甘えて、佑志はそれを彼が楽しそうにお願いしてくることがうれしかったのだ。

「……今日は、頭だけ洗ってやるから」

「えっ、ほんと？」

「今日だけな」

負傷している上にビニール袋をつけた手では実際洗いづらいだろうし、清光のちょっとした悪ふざけに乗っかるだけだ。

そういうわけで、バスタブに浸かった清光が頭だけ外側に出した状態になり、佑志が洗髪してやった。

「うひ〜……やっぱさぁ、髪って人に洗ってもらうと気持ちいいよな」

他に誰に洗ってもらったことあるんだよ、というツッコミはあえて呑み込む。

「美容院だと洗ったあと簡単に頭皮のマッサージもしてくれるじゃん？　あれ最高だ」

そこで清光が彼女ではなく美容院でのサービスについて話しているのだと気付いてほっとしつつ、「マッサージもやれって言ってんのかよ」と蟀谷《こめかみ》をげんこつでぐりぐりする。

「ユウっ、それ痛い！」

「スマホ時代の眼精疲労に効くんだぞ。ほら、もう流すからそのまま目ぇ閉じてて」

丁寧に泡を流すべく、後頭部にシャワーコックを当ててじゃぶじゃぶと洗っていると、清光がまぶたを上げ、目が合ってどきっとした。清光はにまっと笑う。

「侑志だ。美容院では目隠しされてるから気にしたことなかったけど、洗うとき顔近いな」

「もう、こっち見んなって。目が合うと気まずいので瞑っててください、お客様」

清光は「はい」と素直に侑志のいうことを聞いて、まぶたを閉じた。

「……こういうの楽しいな」

いつも『さわやかリーマン』で潑剌《はつらつ》とした顔つきなのに、ゆるっとほどけた清光の表情が、なんだかかわいい。いとおしい。

「そりゃあ、清光は王様気分だろうしな」

侑志も思わずつられて頰をゆるめ、きゅんとしつつも手を動かした。

「そういうんじゃないよ。王様気分で楽しいわけじゃなくて……ほんとはさ、懺悔《ざんげ》のつもりで告白するけど、レオが『今日はリハビリに行ってきます』って言うたびに俺、『侑志に確実に会えるの、いいな。俺もケガすれば会えるのかな』って思ったんだよ。ほんとはだめだけど、最低だけど、こういうこと考えるの。そんな悪いこと考えてたからケガしたんだよきっと。神様はぜんぶご存じなんだよな……アーメン」

清光からのごはんの誘いを断ったのが、そんなに残念だったのだろうか。

リハビリ室から出たあとの帰りのエレベーターで、何か言いたげに見えたのはそのせいだったのかもしれない。

――……『ケガしてでも侑志と会いたかった』って言われてる気がする……だなんてまさか、そんなことあるわけない。

こんなものは、自分に都合のいい、とても危険な妄想に違いない。

「でもこの王様と召使いごっこは楽しいわけだろ？　反省してんのか、してないのか分かんないな」

「反省はしてるけど……楽しいです。ごめんなさい」

こんなものは非日常に湧いた、いっときの戯れだ。

タオルドライをしてやっていると、清光がまたタオルの中で「ユウー」と呼んだ。

「俺はスポーツ選手じゃないのに、侑志んとこで診てもらってよかったのかな」

「徳永先生は一般の患者さんをまったく診ないわけじゃないよ。実際はスポーツ選手の予約でいっぱいだからなかなか診られないってだけで」

「……うん、まぁそうなんだけど。俺のはごく一般人の、不注意のケガなんだし、もっと近くの整形外科もあるのに……真っ先に侑志に連絡してしまった」

うっとりと目を瞑る清光にそんなことを言われれば、侑志は「あっそ」と軽く聞き流せない。うれしくて、うれしすぎて、背中に風船を一万個くらいつけて空に飛んでいってしまいそうなほど浮かれる。

「清光、ヘアオイルかヘアトニック、持ってる？　風呂上がりにヘッドマッサージしてやろうか？　リフレクソロジーとヘッドセラピストの資格も持ってるんだ」

「そういうのもできるなんてすごいな、侑志。やってよ」

おまえの彼女なんかより俺のほうがぜったい好きだし、愛してるし、頭からつま先までぜんぶ気持ちよくさせられる――……口には出せない自信と願望を、侑志は指先にこめるしかなかった。


侑志は仕事帰りにふらっと入った雑貨店で目についた、バリ島のスパでも使われていると評判の『クリームバス』をうっかりふたつも購入してしまった。

先日のヘッドマッサージをいたく気に入った清光のために。アボカドとグリーンティーの二種。濃厚なクリームを頭皮にたっぷりとつけて、ヘッドマッサージするための美容品だ。

部屋のテーブルにその二種を並べて置き、『これ買った』とクリームバスの画像をつけて清光にメッセージを送る。こんなもの完全に、また清光の部屋に行きたいという『お誘い』だ。

何やってんだろ俺、と思う。

友だちとしての距離を保たなければ、との最初の誓いはどこへ行ってしまったのか。

——でも、これくらい、べつに、友だち同士でだって……。

最初から曖昧な線引きだ。『心構え』なんてものは、そのコントロールが己の自制心にかかっている。恋心がたぶんいちばん、自分では制御しづらいものだと分かっているのに。

『家にはぜったい行かない・うちにも上げない』『ふたりきりで会わない』、そういう明確な決意が本当は必要だった。今さら急であっても侑志が「行かない」「会わない」とさえ言えば、清光は「もしかして彼氏に怒られた?」と勝手に誤解するだろうし、二度と「うちに来て」とは言わなくなるはずだ。それでいいはずだけど、侑志自身がもう耐えられない。

だって『清光に会いたい』という気持ちが勝ってしまう。

また髪を洗ってあげたい。清光と一緒にごはんを作って食べたい。

あの日、一日の最後に「おやすみ」と言って別れて、帰り道はふわふわしたしあわせに浸っていた。頭の芯が痺《しび》れるような幸福感だった。

——まだだいじょうぶ。『友だち』としておかしなところはないはず。

高校のときみたいに、調子にのって恋心を吐露するなど、同じ轍《てつ》を踏まなければいい。

侑志が彼に再び好きだと言わなければ、それを態度に出さなければいいのだ。

——好きって、漏れてないかな。

自分の指先を伝って、もうこの『これ買った』の画像からも漏れている気がする。

——…………だめだ、これ消さなきゃ。

思い立ったときには遅く、『既読』がついてしまった。

いじわるな神様から試されている気がする。

『これがクリームバス？　侑志がこの間言ってたやつ？』

ヘアトニックを使ってヘッドマッサージをしてやったときに、クリームバスの話をしたのだ。

清光の髪にふれ、独占欲を満たされて、我ながら上機嫌だったと思う。

清光からの返信に『うん』と返すと、『またうちでやってほしい』とすぐに反応があった。

侑志はほんの数秒考えて、『いいよ』と返信するとベッドに倒れ込んだ。

また通知音が鳴る。清光からの返信内容なんて見なくても分かる。

きっと『いつだったら来れる？』と予定を押さえようとしてくるはずで、侑志はそれをもちろんはぐらかさない。だって断る理由がない。むしろ亀裂骨折をシーネ固定されている間なら、『清光の家事を手伝うついで』という立派な大義名分もあるのだから。

亀裂骨折から三週間後には予定通り清光の指の固定が取れて、すぐにリハビリに移行した。状況からして、レオみたいに頻繁に通院する必要はない。あとは自宅でのリハビリと、二週間毎に来院してもらい様子を見ることになっているのだが、『土曜日、うちに来れる？』などと清光からLINEが来るので、毎週か、多いときは週二で会っている状態だ。

清光はクリームバスもいたくお気に召したようで、「俺が買っておくからまたやってほしい」とおねだりされている。

五月も残すところあと一日。六月末の試合で競技復帰することを目標としているレオのリハビリも、折り返しの段階だ。

現在レオは週に一回通院し、たっぷり一時間半かけてリハビリしている。患部の状況に合わせて内容を変更したり、自宅でのリハビリが正しく行われているかをチェックするためだ。

「足首がだいぶ動くようになってきたね。可動領域も広がってる。自宅でのリハビリもまじめに取り組んでくれてるの、足の状態を見たら分かるよ」

少しでも動けるようになってくると、つい怠けたり適当にしてしまったり、逆に焦ったりしがちだ。でもレオは動きたいのをぐっとこらえて、リハビリに専念している。

マッサージや現在の状況に合うリハビリを指導しながら、レオといろいろ話をした。

彼にとって外側靱帯損傷は二度目の傷害なので、どうしても「また同じケガをしてしまうのでは」と不安になるようだ。だから、「今回の外側靱帯損傷は『捻挫がクセになってる』っていう悪い状態じゃない。リハビリをまじめにやって完治したあとは心配しなくてだいじょうぶ」と励ました。

「宮坂さんが病院以外でも手厚くフォローしてくれるの心強いです」

「フォローっていうより、ほぼ雑談だけどね」

侑志は彼の自宅リハビリの間もＬＩＮＥで『痛みとかない？』『どれくらい動くようになった？』と濃《こま》やかにフォローしている。レオは独り暮らしで自炊しているとのことだったので、筋力を落とさないようにするためのアドバイスは食事面にも及んだ。

「レオくん、料理上手でびっくりした。ＬＩＮＥで送ってくれる画像を見るたびに俺も空腹を刺激されてる。鶏《とり》むね肉のやつとかさ」

マットに横たわったレオにクールダウンのマッサージを施しながら今日も雑談する。

「宮坂さんに食事のアドバイスを貰うまでは、自分が食べるものに関しては気をつける程度で、けっこう適当だったんですけどね」

「彼女にごはん作ってあげたりするの？　はい次、うつぶせになって」

レオがうつぶせになって、「彼女はいないっすよ」と答えた。

「えっ、そうなんだ？　ぜったいいるんだろうなって思ってた」

「彼氏ならいたことあるけど」

うつぶせだから、レオの表情は見えない。でも冗談ではない口ぶりだ。

いきなり飛び道具を食らった気分で、侑志は一瞬言葉に詰まり、マッサージの手もとまってしまった。

「そっかぁ……あ、ごめんね、俺、『彼女』って決めつけた発言しちゃったね」

「いや、べつに普通っしょ。そんなの気にしなくていいですよ。うちの会社の人、チームのメンバーにも言ってないから誰も知らないし」

もちろん侑志だってこれを吹聴したりはしないけれど、一介の理学療法士がそんな大切な秘密を聞いてよかったのだろうか。どうして自分には打ち明けてくれたのだろうか。

とはいえ、彼氏がいたということはその人とはつきあって別れたということなのだろうし、身近にゲイの知り合いがいなくて失恋しか経験のない侑志は、それがどういう経緯なのかは気になる。

——さすがにこの場所的にも訊けないけど……。

このあと何を話せばいいか考えるうちに不自然な間が空いて、しばしの沈黙ののちにレオが別の話題を振ってくれた。

「そういえば、『クライム』のライブのチケットって取れたんですか?」

「あっ、そうなんだよ、レオくん聞いてよ」

侑志は頬をゆるめ、うきうきと声を弾ませる。

「『クライム』の復活ライブのチケット、取れたんだよね。しかもステージ目の前のブロックなんだ」

　インディーズ時代、はじめて箱をいっぱいにしたという伝説の渋谷のライブハウスで、『クライム』の復活ライブが行われる。

　オールスタンディングでブロック分けされているとはいえ、開場前から並んで開場とともに猛ダッシュしていい場所を確保しなければ、と清光と意気込んでいる。

「えっ、キャパ三百の渋谷のやつ？」

「うん、なんか奇跡が起きて。それが今晩なんだよ」

「ああいうトコってうしろのほうがゆっくり見れたりしません？　前列でもみくちゃにされて酸欠になんないようにしてくださいね」

「レオくん、俺のことじじい扱いしてるだろ」

　レオが肩を揺らして笑っているので、ぺちんと腕をはたいてやった。

「はい、仕上げのマッサージも終了。次はまた来週。予約入れて帰ってね」

　マットから身を起こしたレオに今日から自宅で行うストレッチについてのプリントを手渡すと、受け取ったレオが何か言いたげにじっと侑志を見つめてきた。

「不安なこととか、分からないところがあったら、いつでも遠慮せずＬＩＮＥして」

「宮坂さん、まだちょっと先だけど……六月の復帰戦、見に来てくれますか」

レオが一途な眸で問いかけてくる。侑志はレオに向かってほほえんだ。

「もちろん、行くよ。六月末の土曜日だよね。言われなくても、もうスケジュールに入れてる」

するとレオはにんまり笑って、うん、とうなずいた。


『クライム』の復活ライブでは、高校時代に買ったコンサートグッズのTシャツを身に着け、タオルを首に引っかけた。

八年前だし、清光はもう持っていないかもしれないと思っていたが。

「何それ、清光のTシャツ色褪《いろあ》せてる！　タオルから糸が……せめてそれは切ってこいよ」

タオルもTシャツも大切に保管していた侑志とは違い、彼はどちらもがんがん愛用していたらしい。

「やばっ、Tシャツの裾に醬油《しょうゆ》のシミが」

待機列で、侑志は清光のTシャツを指して「汚なっ」と爆笑した。何もかも自分と違うけれど、何もかもが清光らしい。

「楽しかったよな。高校んときのコンサート。侑志と電車で横浜《よこはま》まで行った」

「中華街で買ったデカい肉まん半分こして、肉のほとんどが清光のほうにいっちゃってさ」

円錐形《えんすいけい》のいちごチョコに次ぐ、食べものに関する醜い争いを思い出してふたりで笑う。

「また行きたいな、横浜。江ノ島《えのしま》はあるんだけど、鎌倉《かまくら》は行ったことないんだよな」

「俺も鎌倉は行ったことないなぁ」

彼女とのデートコースにしないのだろうか――思っていても、侑志はがんとして訊かない。清光のほうも「彼氏と行かなかったの？」「会えるときはどこでデートするの？」とは訊いてこない。

――綱渡りの細いロープの上を歩いてるみたい。

でも不思議と、いつか落ちるかもしれないとは思わない。この絶対的な自信はいったいどこから来るのだろうと考え、バレない嘘のおかげだと思い当たった。

でもバレない嘘なんてないのかもしれないし、それが露呈するときはたいてい自分のせいだ。


『クライム』の復活ライブが終わり、二十分ほど経っても興奮冷めやらぬ観客らが、まだライブハウスの前を離れずにいる。

侑志と清光も、クローズしている店の前の階段に座り込んだ。

「清光、ケガしてた指、だいじょうぶ？」

「ああ……ほら、もうぜんぜんだいじょうぶ」

清光が右手をぷらぷらと振って見せる。ライブ中にその手が人にぶつかったりしないように、侑志が彼の右側に立っていたので、あまり心配はしていなかったが。

喉が渇いていてライブハウス内で買ったカクテルを、ふたりともそこでいっきに飲んでしまった。飲みほした水分が渇いた身体に染み込んで、すぐさま蒸発してしまいそうだ。

興奮状態が続いていて、なかなか身体のほてりが収まらない。

清光がぐてーっと侑志の肩に寄りかかってくる。くっついた清光の身体が熱い。同じように、侑志も身の内にこもった熱を持て余している。

「はー……なんだこの、体力ぜんぶ持ってかれたかんじ。歳取《とし》ったわー、なぁ?」

問いかけられて、侑志はそっと、すぐ傍の清光のほうへ目を向けた。薄暗い中、清光は潤んだ眸で、どこかを見るともなしに見ていて——その表情がいつになく色っぽく見える。

「やっぱドームとかホールのコンサートと、ライブって別物だな。レオくんに『酸欠になんないように』って言われたの間違ってなかったよ……。水分たりない。だいじょうぶかな俺、ぱっさぱさのミイラになってない?」

肩口に頭をのせた清光が、そのままこちらへ、とろんとした顔を向けた。

「だいじょうぶ。侑志はいつもきれいだから」

「もういいって、それ」

「俺のほうこそ目と鼻と口は定位置にあるかな。失敗した福笑いみたいになってない?」

清光の鼻を摘まんで左右に動かし、「うん、ここでオッケー」とうなずく。

たいして意味のない会話なのに、気分はふわふわとして、なんだかしあわせだ。一気飲みしたアルコールに酔ったのかもしれないし、好きな人とごく自然に寄り添っていられる多幸感に脳が痺れているのかもしれない。

「侑志といるの、やっぱり楽しいな」

ぽつりと、清光がうれしそうにつぶやいた。

本音がこぼれたのが分かる口ぶりが、うれしくてたまらない。このままおじいちゃんになるまで、ずっとこんなふうに一緒にいられたらいいのにと思う。

——もう二度と清光の傍を離れない。好きだ。好きだ。清光が好きだ。

自分の中に必死にせき止めている想いが、堤防を越えて今にもあふれ出しそうだ。

まぶたを閉じ、懸命にそれを鎮める。あえて萎えそうなことを考える。頭に相原月子の姿を思い浮かべたら、それはあっけないほど成功した。不発の花火みたいだ。

——でもちょっとだけ。今だけ。少しだけ。

簡単には消えない想いが、ふつふつとあぶくを浮き上がらせる。

動きたくなくて、離れたくなくて、侑志はふらりと夜の空を見上げたりした。

向かい側の店の前にも、座り込んで顔を寄せ合うカップルがいる。

「俺たち、あっちとほぼほぼ同じくらい、いちゃいちゃしてる気がするな」

清光も見ていたらしい。同じことを考えていた侑志は「ふふっ」と小さく笑った。

「あれ、『すぐそこのラブホに行く』に、次の飲み会代を賭ける」

「なんだよそれ」

「侑志は？　どっちに賭ける？」

「そんなの、じゃあ俺は『行かない』にしないと賭けになんないだろ」

「いいよ、『行く』なら『行く』でも」

ここそこ揉《も》めているうちに、向かいのカップルが手をつないで立ち上がった。

「俺たちも行こ」

「えっ？」

清光に手を引かれて侑志も立ち上がった。手をつないだまま、清光にぐいぐい引っ張られる。

「清光っ」

「ほら、ほんとに『行く』のかも」

清光は前のカップルの行き先を本気で突きとめるつもりなのか、尾行する探偵気取りでついて行く。

「清光ってば」

侑志はラブホテル街なんて来たことがない。怯《ひる》まず進む清光に対して、いやいやついて行く侑志の頭の中には、「こういうとこに、いつも彼女と来てるのかよ」という疑問が廻る。

いくらも歩かないうちに前のカップルがホテルの傍らでとまったかと思うと、まるですっと吸い込まれるように入っていった。

「わ……入った……」

自分が言い出したくせに、清光が驚いた顔でつぶやく。

「清光……もう帰ろう」

「ああいうところって男同士でも入れる？」

「…………」

咄嗟に声が出なかった。清光の目が笑っていない。彼につながれた手に、ぐっと力を籠められている。

それはいったい、『誰と誰』を想定しての問いなのだろうか。

動揺する。混乱する。清光は『世間一般の同性カップル』でも『侑志と、侑志の彼』でもなく、『今ここにいるふたり』を前提にしている気がした。

そんなふうに受けとめた自分がおかしいのだろうか。それともただの卑しい願望だろうか。

「……や……めろよ。そういう冗談好きじゃない」

「侑志」

侑志がふりはらった手を再び強く摑まれ、引きとめられる。

「ごめん、侑志。怒んなって」

「放せって」

びっくりしすぎて、ひどく動揺して、涙で目尻が濡れる。

「……侑志……」

半泣きの顔を覗かれ、うっかり清光と視線が絡んでしまった。涙目に気付かれた上、清光はどうしても手を放してくれない。

「……ユウ、……」

こんなときに、甘ったるい声でそういう呼び方をする、その意味を自分勝手に歪曲《わいきょく》してしまいそうになる。

どちらかの背中を軽く押せば、くちびるがふれあう距離だ。

キスしたい。キスしてほしい——頭の中は一瞬のうちに、爛《ただ》れた欲望でいっぱいになる。

清光の眸もとろりと濡れている。ぜったいに勘違いなのに、彼も同じ気持ちになっている気がして仕方ない。

清光の顔が近付いてくるのを茫然と見つめていたけれど、侑志は咄嗟にその胸を強く押し返した。さらに両腕で拒絶する。

そのとき通りで大きな笑い声が響き、清光が弾《はじ》かれるように離れた。

耳の奥までばくばくと、自分の心臓が破裂してしまいそうな強い音が届く。

——何……？　今、何しようとした？

清光のことも、一瞬享受しそうだった自分のことも怖くなって、侑志は咄嗟に踵《きびす》を返してずんずん歩きだした。

慌てて清光が「侑志！」と追いかけてくる。侑志は「帰る！」とはっきり返した。普通なら、どこかの店に入って今日のライブについて語り合い、しばし余韻に浸ったりするものだ。

不自然なほどの早足で、歩みをとめることなく夜の道玄坂《どうげんざか》を下る。

「清光、あした仕事なんだろ。銀座《ぎんざ》のデパートでイベントがあるって」

自社の新商品販促のためのイベントだと、ライブ前に清光が話していた。

清光は『営業・統括マネージャー』として美容部員をサポートする立場であり、忙しく動き回らなければならないはずだ。しかも、侑志は「あした暇だから様子見に行くよ」なんて軽い口約束をしてしまっている。

「え……うん」

「じゃあ、おやすみ！」

駅までは一緒に移動するつもりだったけれど、顔も見ずにさよならを告げる。

清光はとうとう諦めたのか、少し離れたところから「おやすみ」と声が届いた。


最悪の気分で翌朝目覚めると、最悪なＬＩＮＥメッセージが入っていた。

トーク欄の最上位に拓海《たくみ》のプロフィールアイコンを見つけた瞬間、いやな予感はしたのだが。

『ひさしぶりに日本に帰ってきた。とうとう清光と会ったんだろ？　とりあえずごはんでもどう？　俺は清光を入れて三人でもいいけど』

最後に、にやっと邪悪に笑ったイラストのスタンプ付きだ。

侑志は寝転んだまま、そのメッセージをじっと睨《にら》むように二回読み、飛び起きた。

清光と再会したと拓海に報告していないが、清光が拓海に話したのだろう。清光と拓海が今もつながっているのは侑志も知っているし、再会を知られるのはかまわないのだが。

「日本に、帰ってきてる……」

今つきあっている人がいる、と清光に嘘をついている——それが拓海にバレるのは具合が悪い。だって拓海は、侑志がずっと清光を好きで居続け、誰ともつきあったことがないのを知っているのだ。

——「今つきあってる人がいる」なんて、あの拓海には秒でそんなの嘘だってバレる。

しかも、その場凌《しの》ぎでついた架空の彼氏のモデルに拓海を使ったと知られたら。

——怒りはしないだろうけど「何やってんの」って死ぬほど呆《あき》れられそう……。

そもそも、高校の同級会やサッカー部のＯＢ会にも顔を出さなかった侑志が、拓海と再会したのは偶然だった。インターンで入った都内の整形外科病院にたまたま拓海が来たのだ。

その日の診療が終了し、病院を出たところで侑志は拓海に捕まった。

高校時代のつながりからフェードアウトした理由を追及され、そのときの拓海はまるで取調室で犯人に自供を促す、人情系ベテラン刑事のようだった。

「侑志は、今もずっと清光のこと好きなんだ？」

なんとかごまかそうとする侑志に、拓海ははっきりと「今もずっと」と言った。拓海は高校の頃から、侑志の恋に気付いていたのだ。

彼に言わせれば「だって侑志のは、顔に書いてあるくらい分かりやすすぎ」らしい。しかも洞察力の鋭い拓海は「高校卒業間際に、ケンカってわけじゃないけど、なんかあったんだろう」と、なんとなく勘付いていたようだ。

ずばずばと言い当てられてしまい、ぜんぶを吐露する以外になかった。厳しく追及されて仕方なく白状したわけではない。素直に話せたのは、ふたりの性格やサッカー部のこと、ケガのこと、拓海はそういうバックグラウンドをよく知っているし、くわえて侑志が清光を好きだったことも、清光から離れようと決めたことも、何も否定せずに聞いてくれたからだ。

清光との間にあった出来事を誰にも話したことがなかったけれど、拓海に明かしたおかげでふいに栓を抜かれたみたいに気持ちが軽くなった。

そのとき最後に、「俺と偶然会ったって、清光に黙ってたほうがいい？」と確認されて、侑志は「言わないでほしい」とうなずいたのだった。

それ以降も拓海は茶化したりせず、しずかに見守ってくれていた。

「侑志に彼氏がいるらしい」などと清光が拓海に吹聴する可能性は低い。自分さえ黙っていれば、拓海には『架空の彼氏』なんて見栄っ張りな嘘はバレないのかもしれないが。

――……拓海にバレるバレないの問題じゃない。拓海には今までのことを知られてるし、今回のことも話さないと……。

あまつさえそのキャラ設定に使ったのだから、拓海の前で尻の据わりが悪くなるのは必至だ。

侑志は拓海からのＬＩＮＥメッセージを見下ろしてしばし考え込んで、返信をしたためた。


拓海からのＬＩＮＥの衝撃で一瞬頭から抜け落ちていたが、昨晩の清光とのことがずっと引っかかっている。

――気のせいだ、あんなの。

清光がキスしたそうに見えたなんて、そんなものは自分の願望と欲望が練り上げたまぼろしに決まっている。

カフェの窓の外を行き交う人たちをぼんやりと眺めながら考えあぐねていたら、肩をぽんとたたかれた。

「ひさしぶり」

カウンター席の隣に座った拓海の短いあいさつに、侑志も「ひさしぶり」と返した。

拓海はオランダのサッカークラブチームから日本へ戻ってくるための準備をしているらしく、半月ほど東京にいるらしい。

「清光のとこ、顔出すんだろ?」

「うん……約束してるから」

銀座のデパートの一角で開催されるという『MHL』の販促イベントだ。口約束とはいえ、今日行かないと次に会ったときに気まずくなってしまう。たまたま帰国の連絡をくれた拓海と、そのイベントに一緒に行くことにした。ひとりで行くよりだいぶ心強い。

拓海とそのまま清光の話になった。

清光と再会した経緯についても、拓海はすでに話を聞いているそうなので、『架空の彼氏』の件をそこに追加しなければならない。

侑志は意を決して打ち明けた。清光に彼女がいると知り、侑志もその場で彼氏がいるから今は自分もしあわせだと伝えたということ。今後一緒に仕事をしなければならないし、過去については忘れてほしいとの気持ちから、そうしたのだということも。

「そのつきあってる彼がどういう人なのかって、清光にめっちゃ訊かれて……その場で架空のキャラを捏造《ねつぞう》する必要があって、それで……た、拓海をモデルに……」

「はあっ? 俺っ?」

「ご、ごめんっ! だってさ、焦ってるときに頭に浮かんだのが拓海で、海外にいるから頻繁に顔を合わせることもないから気まずい思いしなくてすむしって……。も、もちろん職業は『プロサッカー選手』じゃなくて、住んでるのも『ニューヨーク』になってる」

拓海は「オーマイガー」と天を仰いで、「まぁ、それは仕方ないとして」と最後はあきらめた様子だ。だってもう、そういう嘘をついてしまったものを、今さら取り消しようがない。

「それにしても清光に彼女がいるから自分にも彼氏がいるなんて、面倒な嘘つくかよ……」

「離れて八年も経ってるのにいまだに好きって……ただ重いだけだろ。高校時代の告白をもう気にしてほしくないから、清光に『当時は恋じゃなくてただの憧れだった。今の彼とつきあって分かった』って言ったし……」

侑志の隣で、拓海はアイスコーヒーを飲みながら「んー」と唸《うな》った。

「ところで初耳なんだけど、清光に彼女がいるって……それ本当か？」

「『マローンSC』内で、公認の仲みたいだった」

交歓会で見聞きしたことを説明すると、拓海は「ふぅん？」と納得いかなげにうなずいた。

「それで、侑志は高校んとき自分が『好き』って言ったことまで、『ただの憧れだった』って否定したのか」

「だってそうしないと、清光がずっとそこに引っかかってそうだったから」

拓海は肘をついて再び「んんー」と唸る。

「そこは否定しなくてもよかったんじゃない？」

「そ……そうかな」

「それを言われたほうは、ちょっと傷つく」

実際、清光は傷ついた顔をしていた。でもそうでもしてわだかまる過去を断ち切らないと、いつまでも彼の中でひきずってしまう気がしたのだ。

「引っかかってるんじゃなくてさ……、清光のほうは、こだわってるのかもな」

拓海が言っていることがよく分からず、侑志は首をかしげた。

「清光は、『俺のことを好きって言ってくれた侑志』を消したくないんじゃないかな。自分の中からも、侑志の中からも」

「……自分は恋愛感情がないのに、身勝手に、『ずっと好きでいてほしい』ってやつ？」

「清光はそういうやつじゃないだろ。ほんとに単純に、清光は侑志に『好かれていたい』し、『きらわれたくない』し、『離れたくない』。だって清光も、侑志のこと好きだからだろ」

拓海が最終的に出した暴論に、侑志は「ええ？」っと驚いて笑った。そんな奇跡があるわけない、と思うからだ。

「俺は清光のこともずっと見てるから、へたすると侑志より長くさ。清光ってしっかり者で面倒見いいし、気ぃ回しーの気ぃ遣いだから、人の気持ちに聡《さと》いふうに見えるだろ？」

「実際にそういう気質だから、仕事では『営業・統括マネージャー』で、『マローンSC』でホペイロを任されてるんだと思う」

「ところが、突きつけられた課題が『恋愛』のジャンルになったとたん……あいつ、残念ながら……アホの子になるんだ」

拓海はじつにまじめな顔でそんなふうに言いきった。

「ア……アホの子……」

「告白されるまで、侑志の気持ちにぜんぜん気付いてなかったくらいだぞ？」

「くらいだぞ、と言われても……俺はちゃんと隠してたつもりだったし」

拓海は「おまえもぜんぜん隠せてないし。へたくそか」と呆れている。

「清光は人の気持ちに疎いだけじゃなくて、自分の恋愛感情にすら気付けないという……そんな絶望的な可能性がおおいにある」

拓海の推測に、侑志はわずかに眉を寄せた。

「……そんなことある？」

「清光をずっと好きだった侑志には、まったく理解できないだろうな。あいつはさらに『男の自分が侑志を好きになるわけない。これは男の友情に決まってる』ってかんじのがちがちな固定観念もプラスされてて。だからへたすりゃ一生『オトモダチ』。ほんとにそれでいいのか？」

拓海に焚《た》きつけられたところで、侑志は納得できるはずもなく黙り込んだ。

「その『架空の彼氏』に、ほんとに俺がなってやろうか？」

突然の提案に、侑志はぽかんとした顔で「え？」と問い返した。

「侑志がついた嘘を利用して、清光の気持ちを引っぱり出す。侑志の恋人が俺だって分かったら、清光キレそうじゃね？」

「……や、やめようよ、そういうの。キレたりなんてしないだろうし」

「心当たり、まったくない？　侑志と清光が再会したあと、清光から頻繁にＬＩＮＥが来るんだ。侑志とナニしたコレしたって、日記かよ、みたいな内容で。誰かに話したくて、浮かれてるかんじ。『恋してます』がダダ漏れで、読んでるこっちが恥ずかしくなるんだけど」

「……心当たり……」

頭にきのうのことが真っ先によぎった。

「きのう、清光と道玄坂のラブホの前でケンカしたんだろ。詳しくは聞いてないけど、だいぶへこんでたぞ。『侑志が怒って帰った』って書いてた」

清光の中ではケンカしたことになっているらしい。しかも、ラブホの前だなんて、具体的な場所の詳細までご報告が上がってしまっている。

「だって……清光が……なんか……、俺の勘違いだと思うけど、キスしてきそうに見えて」

「そんなもん、もうすればよくない？」

「あっち彼女いるのに？」

「うわ、急に倫理観ありますみたいなこと言うんだな。内心で『清光は彼女とじゃなくて、俺と会ってくれてる』って歓んでるくせに」

ぐさぐさと太い釘《くぎ》が刺さって、侑志はしゅんと頭を下げた。

「でも、きのうは自分からいかなかった。踏みとどまったから」

同じ轍を踏まない覚悟はしていても、自分が清光を好きな気持ちはもうどうしようもない。

うなだれた頭を、拓海がぽんぽんとなでた。

「俺は断言できる。清光に彼女はいない。もしそんなことがあれば、清光は俺には報告してくれると思うから」

たしかに、きのうのケンカをいちいち拓海にＬＩＮＥしているくらいだ。

「じゃあみんなが『カレ・カノ』って呼んでる意味が分からない」

「それは……何か事情でもあるんだろ」

侑志は「説得力ない」とカウンターに突っ伏した。

「青天の霹靂《へきれき》で脳天にガツンとくる事件でもないと、あいつは恋を自覚できない。俺が侑志の恋人だって知ったら、清光は見たことない勢いでキレる。そしたらすぐ種明かしすればいい」

「巻き込んでお膳立てしてもらったあげくにダメになるとか、地獄絵図すぎるよ」

侑志はうしろ向きな結果しか想像できない。

じつは拓海が彼氏だと明かしたところで、隠されていたことに対して清光がさみしく思ったり不快に感じても、嫉妬に燃えるような状況にはならないはずだ。

「お膳立てじゃなくて、強制フラグ回収」

「清光がなんとも思ってないって分かったら、拓海が『俺が侑志の彼氏なんて嘘だよ』ってフォローしてくれるんだよね……」

「万が一、そうだったらな」

拓海は自信ありげに、あいかわらず男前な顔でにやりと笑った。


銀座のデパートの一階、コスメカウンターがずらりと並ぶ化粧品コーナーは、明るくてやたらきらきらしていて一瞬怯む。

「拓海が一緒でよかった……って思ったけど、デパコスコーナーを歩いてるのが『今井《いまい》拓海』だってバレたらそれはそれで、だな」

周辺の女性陣の視線がぜんぶ拓海に注がれている。サッカーに疎い人にまで「あぁ、あのイケメンサッカー選手」と認識されているにもかかわらず、拓海は顔丸出しで変装をまったくしないのだ。

「拓海が有名人だってこと、つい忘れる」

「ただの高校の同級生、かつてのチームメイトなんだからそういうもんだろ」

まったく人の目を気にせず普通の顔をして歩く拓海が、ますます大物に見えてくる。

清光がいるはずの『ＭＨＬ』のイベントブースの辺りは、すでに人だかりができていた。

一段高いステージでは、研究員らしき白衣の女性とメイクアップアーティストによる新商品のデモンストレーションが行われている。もともと化学メーカーで、健康食品や医薬品を取り扱う『マローン』の信頼感のあるイメージと、著名なメイクアップアーティストによるプロデュースで、『ＭＨＬ』は業界ではずいぶん後発ながら、女性人気の高い化粧品ブランドに成長しているようだ。

マットブラックを基調とした高級感のあるイベントブースの手前で、清光は呼び込みのフライヤーを配っていた。

清光は侑志と隣の拓海に気付いて「おっ」と驚いた表情で手を挙げる。

「えっ？　あれっ？　一緒に？　来てくれたんだ？」

侑志は清光に「拓海と連絡を取りあっている」と話したことがない。拓海もそのはずだから、たまたま会ったとでも思っているかもしれない。

拓海がいてくれたおかげで清光とも普段と変わりなく顔を合わせ、「侑志、これ、新商品の肌の水分保持力を爆上げするサプリ」とサンプルのパウチをまるで掴み放題みたいな量でくれたりして、気まずい思いをしなくてすんだ。

「保湿ジェルクリームと全身に使えるローション、男性にもおすすめしておりますので、お時間ありましたらこちらで体験されませんか？」

拓海と侑志に向かって調子よく営業トークを繰り広げる清光は、拓海に小さな声で「サクラは依頼してないけど、あとでなんかいいもんやるから！」と訴えている。

ちょうどデモが終わり、ステージに向いていた女性客がこちらの拓海に気づき始めた。

「へー……このローション、頭からつま先まで全身に使えるんだ？」

棒読みの拓海に、美容部員が目を輝かせながら「これから暑くなる季節に、爽快感があって香りも控えめですので、男性にもおすすめしております」と現品を手に紹介している。周囲の女性客らはその話を背後から聞くというかたちで、拓海は優秀で完璧な客寄せパンダになった。

「こんにちは。『マローンSC』でいつもお世話になってます」

拓海が注目されている中、侑志に声をかけてきたのは相原月子だ。胸のプレートは『ビューティーアドバイザー　相原』となっている。

まさかここで彼女と会うとは思っていなかったのもあり、なんとなく目を合わせづらい。

「あ……こんにちは。相原さんは……こちらのカウンターで働いてるってこと？」

「はい。銀座店のBAです。宮坂さんも、何かお試しになりませんか？」

「え……えーっと……」

返答に困っていると、清光が「侑志は『保湿ジェルクリーム』がいいと思う。ぱっさぱさっていつも言ってるから」とうしろから声をかけて通り過ぎた。

「ではこちらを手の甲につけさせていただいてもよろしいですか？」

にこっとほほえむ月子におずおずと手を差し出すと、細くて華奢《きゃしゃ》な指でジャーのジェルクリームを取って、侑志の手の甲にのせ、丁寧にのばしてつけてくれた。

——なんなんだこの状況……。

清光の彼女に、スキンケアアイテムを紹介されるとは。

彼女の手指は細くて白くてきれいだ。侑志の手にやさしくふれながら、商品について説明してくれている。その彼女の手を見て、この指で清光にふれるのかな、と考えてしまう。

「いかがですか？　塗ったあとはべたつきなどなくてさらっとしていますが、肌の内側をしっかり潤します。水分保持力が高いので、その潤いが長時間続きます」

スキンケアアイテムなんかより、月子は本当に清光の彼女なのか、そのことが気になって仕方ない。

侑志があんまり黙っているので、月子が冊子状のトライアルセットを出してきた。

「サンプルをお渡ししますので、ご自宅でゆっくりお試しください」

三セットも渡されて、「え？　こんなに」とこっそり訊くと、「サービスです。ほんとはもっとたくさんお渡ししたいんですけど」とかわいくほほえまれる。

侑志はぎこちない笑みで「ありがとう」と会釈した。

最初からそうだったけれど、話し方、接し方といい、屈託なくてとてもかんじのいい子だ。

誰からも好かれそうだし、清光が彼女を好きになったとしてもなんら不思議じゃない。

「あ……あの……」

去り際に侑志が呼びとめると、月子は「はい」と振り向いた。

「……『カノちゃん』は、本当に、彼女……なの？」

「え？」

月子は目を瞬かせ、ややあって何かに気付いた顔をして、清光のほうへちらりと目線を泳がせる。

あまりにも的を射ないぼんやりとした質問だったのに、問いかけの意味は通じたようだ。月子の答えを待つ間、侑志は手が震えた。こんなところで訊いていい質問じゃない。でも、早く訊きたい。知りたい。

すると月子は困ったように笑った。

「……どうでしょう……？」

「……ど……」

どうでしょう、というのは、どういう意味だろうか。

侑志がその先を問おうとすると、月子は「失礼いたします」と他の女性客の対応に移った。

否定も肯定もされなかった。

最後の表情の意味も分からなかったけれど、侑志があんなことを必死な顔で訊いたために、月子には清光への想いを見破られた気がする。だから『あなたにあえて答える必要ある？』というような、不快な気持ちになったのではないだろうか。

ぼんやりしていると、拓海に「行こうか」と背中を押された。

そっとイベントブースのほうを振り返ると、清光と月子が商品を手に何か話している。

「あの、清光のとなりにいるのが、彼女だよ」

拓海も「え？」とそちらへ目を遣《や》ったあと、さして興味なさそうに「ふぅん……」だけ返ってきた。拓海のほうは『清光に彼女はいない説』が揺らがないのだろう。

「とりあえず今晩、清光と飲む約束したから。侑志も一緒に。で、例の作戦を決行する」

「……ほんとに？　ほんとに言うの？」

「ほんとに。で、俺は消えるから、きのう失敗したラブホに再チャレンジでもすればいい」

「アドバイスが雑すぎる……」

侑志はひたいを手で覆ってうなだれた。


清光と拓海、侑志の三人で入った銀座の居酒屋では、半個室の四人掛けのテーブル席に案内された。

座る位置を決めたり選んだりするとき、高校の頃から、清光の隣には侑志が座る。誰が決めたわけでもないが、清光が侑志を呼ぶときもあったし、侑志が我先にと清光の隣に滑り込むからそうなっていたのかもしれない。

この日は侑志の隣に拓海が座ったため、清光はなりゆきでその向かいに立った。

一瞬「あ、俺、こっち?」と言いたげな顔になったものの、子どもみたいに「そっちの席がいい」とわがままを言うわけにはいかず、清光はちょっとおもしろくなさそうにその空いた席に座る。侑志も、自分の隣に清光がいないだけでなんだか落ち着かない気がするくらい、この三人にとってはじつに不自然な座り位置だ。

横で拓海が下を向いて笑いをこらえているので、侑志はドリンクメニューでそれを遮った。

「き、清光、何飲む?」

「えー……じゃあマイヤーレモンサワーにしようかな」

清光を騙《だま》すなんて。胃が痛くてたまらない。

——とはいえ、最初に嘘ついたの俺だし……!

座ってそうそうに帰りたくなってきた。「腹が痛い」と言って、居酒屋のトイレに籠城すればいいのでは、と悪い考えが頭に浮かぶ。

ジョッキが三つ揃《そろ》って、三人は「拓海、おかえりー」と乾杯をした。

「今回の帰国、えらい急だったたな」

清光も侑志と同じように、拓海の帰国を今朝知ったようだ。

「契約延長か移籍かって、なって。十代からずっと海外で、俺も二十六だしな。日本のチームが呼んでくれてるし、帰ってこようかなって」

拓海は軽く話しているが、彼はたったひとりで海外に渡り、侑志には到底想像もできない厳しいプロの世界を生きてきたのだ。日本代表のひとりとして選ばれても、実際は試合にほんの少ししか出られなくて悔しい思いをしたことがあったのも知っているけれど、それですら彼の人生の一瞬の出来事にすぎない。

「こっちに大事な人もいるし」

侑志はハイボールを噴き出しそうになって、なんとかこらえた。

――隠し球出すの早すぎだろ……！

注文した料理のうち、やっと三品がテーブルに到着したところだ。ちょうど料理が運ばれてきたために、清光は続きを促せずにあわあわしている。

店員が去るのと同時に、清光は身を乗り出した。

「えっ、ちょ、拓海？　おまえいつの間に。つきあってる人いるの？　日本に？」

ほとんど海外にいるのだから、清光の「いつの間に？」という疑問は当然だ。

侑志は飲んでもいないジョッキをずっと口に押しあてている。拓海が「あー、うん。まぁ、言いにくくて」なんてしれっと返すのをただただ無言で聞いた。

「言いにくいとは。なんだよ、水くさいな。誰？　芸能人？　俺も知ってる人？」

おそらく清光が言っている「俺も知ってる人？」というのは有名人のことをさしている。

個室がしんと静まり、重い空気でいっぱいになった。

「え……何この空気」

困惑している清光、そしてしれっとしている拓海を順に見て侑志はいたたまれなくなり、残りのハイボールをいっきに飲み干して、ごとん、とジョッキをテーブルに置いた。

張り詰めた空気の中、侑志の様子がおかしいことにも気付いた清光が「侑志、どうした？」と、こっちにも気を遣ってくれる。

拓海がとうとう、「清光」と口火を切った。

「清光に黙ってたけど、侑志とつきあってるんだ」

「……え……？」

「それもあって、だから帰ってこようかなって」

拓海によって発射されたキャノンボールをまともにくらった清光は、炭化したように動かない。

「……はい？」

清光は理解できずに「何言ってんの？」というように眉を寄せた。

「……拓海と侑志が？　つきあってる？　侑志は『彼氏はアーティスト』とか言ってたよな。ニューヨークに住んでて……」

清光がこちらへ確認するように問いかけてくる。

「ご、ごめん、それ嘘で……ほんとにごめん」

侑志はぺしょんとうなだれた。だってそれは、本当に、嘘なのだ。

「え……えええ……ええっ？　待って、どういうこと？　拓海とつきあってるって言えなくて、嘘ついたってこと……？」

それも違うから、侑志は答えられずに沈黙するしかない。

すると拓海が「高校時代の侑志と清光のことも、俺は知ってるよ」と暴露した。暗に「侑志から聞いてる」という意味を含み、これには清光も言葉を失っている。

再び重苦しい沈黙が続いた。清光は眸をうろうろとさせて、何かを必死に考えているようだ。

やがて清光は顔を上げて拓海を見据え、「嘘だろ？」と厳しく問いかけた。

「……清光はなんで『嘘』だって思うわけ？」

「だって拓海、去年まで彼女いただろ」

「そういうの関係ないよな？」

拓海は意味深な問いを清光に投げかける。すると清光が、ぐっと眉を寄せた。

「……えっ、ちょっと待て。つきあってる期間、侑志とかぶってるってことにならない？　だって遠距離で二年つきあってるって聞いてる。拓海、おまえ……まさか、二股してた？」

セクシャリティは関係ないだろ――そんな拓海の誘導は通じないどころか、思惑とは若干違う方向へ話が向かっている。

拓海はぽりぽりとひたいを掻《か》いた。二股疑惑を逆に追及されるという展開は拓海にとっても想定外だ。しかしここまできて拓海も怯まない。

「清光……いきなりそんな暴露話して、俺たちをぶち壊したいの?」

拓海に煽られて、清光がテーブルの上のこぶしに力をこめるのが見て取れる。清光は憤りもあらわに、拓海を睨《ね》めた。

「最低だ」

「うーん……でも今、しあわせだから」

「そんな話聞いて、『そうだよな』ってなるかよ。俺は、侑志が、もう二年も遠距離でつきあってる恋人がいて『しあわせ』だって言うから、だから仕方なく」

拓海が揚げ足を取るように「仕方なく?」と清光の言葉尻を繰り返した。

「仕方なく、引き下がってやったとでも言いたげだな」

とたんに、清光の眸が揺れ、顔色がざっと変わった。

しんと沈黙が続き、清光は目線を落として、きつく奥歯を嚙《か》んで何か考え込んでいる。

やがて顔を上げた清光は、拓海をぎっと睨んだ。今までに見たことのない表情だ。

「自分のこと棚に上げてごまかすなよ。侑志をいっときでも大事にしていないなら、許さない、認めない。一度でも人を裏切ったやつは、いつまた裏切るか分からない。信用できない」

「清光、どの立場から言ってんの? 自分なら侑志をしあわせにする絶対的な自信でもあるみたいな言い方して」

「あるよ。俺はもう、侑志と離れる気ない」

こんなの、ただの売り言葉に買い言葉だ。

それなのに本音を引き出せた拓海は満足げに、「ほらな」と侑志に向かってにんまりする。

「独占欲、剝《む》きだし。このままだとここで嚙みつかれそうだから、俺はこの辺でいいかな」

拓海が椅子から立ち上がった。

ひとり状況を呑み込めていない清光は「は？」と険しい顔付きになり、拓海を目で追う。

「ごめん、清光。八年経ってもおまえらがあまりにもじれったいから、カンフル剤の役回りをしただけなんだ。俺が侑志とつきあってるなんて嘘。侑志が清光と再会したときに『彼氏がいる』って咄嗟に嘘ついて、俺をモデルにキャラ設定してしまったらしい」

清光は啞然《あぜん》とした顔で「……え？」と気が抜けるような声を出した。

「侑志の『遠距離恋愛中の彼氏』は最初から実在しない」

「……え？　実在しない……？」

清光が侑志に問いかけてくるが、侑志は気まずさから答えるより先に目を逸《そ》らす。

「あとはふたりで、仲良くな。またケンカするなよ」

そう釘を刺して拓海が立ち去り、清光と侑志は取り残された。

ふたりが向かい合うテーブル席の横を、店員や他の客がとおりすぎる。落ち着いた雰囲気の和食系居酒屋なので、周囲からはざわざわとさざめくような話し声が聞こえる程度だ。

「……遠距離の彼氏……いないって、ほんと？」

あらためての確認に侑志は観念してうなずき、「嘘ついてごめん」と謝った。

「え……なんで？」

嘘をついた理由はいくつかある。

「……清光に彼女がいるって聞いて、それで、もう俺のこと、高校時代のことは気にしないで、忘れてほしいと思ったから」

侑志が嘘をついた理由をそう告白すると、清光は驚いた顔で「俺に？　彼女？」と目を大きくして問いかけてくる。

「え、俺に彼女がいるって誰から聞いたの？　それいつの話？　今つきあってる人いないんだけど」

清光にそうはっきりと断言されて、侑志は困惑した。

だから再会した日、周囲の人が清光と月子をさして『カレ・カノ』呼びしていたのを何度も耳にしたことを話した。今日だって侑志が月子に「彼女なの？」と確認したら、月子は「どうでしょう？」と曖昧に答えて否定しなかったのだ。

「月ちゃんが、侑志にそんなふうに返したのか？」

「……さっきの、デパートでのイベントのとき」

我ながら、そんなところで何訊いてんだとも思うから、侑志は気まずくてもぞもぞと答えた。

「とにかく、月ちゃんは俺の彼女じゃない。つきあったこともない。ぜんぜんない」

清光は畳みかけるように否定すると、今度は大きなため息をつく。

「月ちゃんと俺は『マローンＳＣ』のマネージャーだから、たしかに公式グッズの販促と集客目的で、カップル設定の画像をＳＮＳにたくさんアップしてるよ。それを後藤《ごとう》さんとか……運営の人たちが愛称っていうか、イジリ半分でそう呼んでるだけで……」

懸命に説明して、清光は「あああああっ」と頭を抱えた。

「も〜っ、だから『カレくん』『彼ピ』とか『カノちゃん』とか呼ばれるの、俺は内心で『ウーン、微妙だなぁ』って思ってたんだ。内輪の人たちは『そういう設定』って分かってるけど、本当に誤解する人がいるかもだし。実際、侑志は誤解してたわけだろ……」

それなら、どうして月子は、清光みたいにはっきりと否定しなかったのだろうか。

腑に落ちない部分について思い巡らせているうちに、ピンときた。

「ふたりが恋人同士だって誤解してたせいもあるだろうけど、俺から見たら不自然なかんじはしなくて本当にそういうふうに見えてたし……。彼女は、清光のこと好きなんじゃないの？」

すると清光が答えにくそうにするので、ますます確信する。

清光は彼女から好意を向けられていると知っている。つまり月子はすでに、清光に好意を伝えているのではないだろうか。

「……清光が実際は『カレ・カノ』呼びを微妙だなって思ってても強く主張できずにいるのは、

そうすると彼女をもっと傷つけるから……、とか?」

月子が返した「どうでしょう?」、あれは真実を答えたくなかったからじゃないだろうか。

清光はややあって控えめにうなずき、侑志の見解につけ加えた。

「……いい子だなとは思うけど、恋愛の意味で好きなわけじゃないから……。それに『カレ・カノ』呼びされても、俺には実際に恋人がいるわけじゃないし、そのことで他の誰かを傷つけたりもしないから、いちいち否定して回らなくても『まぁいっか』になってたんだ」

決して思わせぶりな態度をとっていたわけじゃなく、人前で否定すれば月子を何度も悲しくさせるから、気を遣っていたのだろう。そういうところも清光らしいと思う。

清光に彼女はいなかった――それが分かってほっとする。

「あぁ……ほんとにびっくりした……心臓が潰れたかと思った……。侑志はいつから拓海と連絡取りあってたわけ?」

鱗《うろこ》が剝がれ落ちるように、いろんな秘密がぼろぼろと露呈し始める。

侑志は、拓海と偶然に再会したときのことも明かした。

「専門学校に通ってる頃にインターン先で偶然……。同級会もサッカー部のOB会も欠席してたし……会ったことを誰にも言わないでほしいって、拓海にお願いしてた」

すると清光は、知らないところで拓海と侑志がつながっていたのがおもしろくないとでもいうように「ふぅん……」とくちびるを歪《ゆが》める。

「じゃあ……拓海は、俺が侑志と再会するずっと前から、侑志のことを知ってるわけだよな？」

鋭い目つきと声色で清光に問いかけられ、侑志は逃げ場を失ってうなずいた。

「さっき拓海は『カンフル剤の役回りをした』って言ってた。俺を怒らせるために嘘の芝居で煽ったってことで……つまり、さっきの拓海のあの芝居は、侑志のためだったってこと？」

「………」

清光の指摘のとおり、拓海が『彼氏のフリをする芝居』をしてくれたのは、『清光の気持ちをたしかめるため』だ。たしかめる必要があるのは誰か、なんのためなのか。もうこれ以上はごまかしきれない。

──俺が清光のことを好きだから。

すべてが清光への好意に起因している。もう嘘をつきとおせる気がしない。

侑志は俯《うつむ》いて目を瞑り、細くため息をついた。ゆっくりまぶたを上げ、ひとつ息を吸う。

「……そうだよ。俺が『彼氏がいる』って嘘ついたのは、俺が、清光のことを……今も好きっていう気持ちを隠すためでもあった。清光を煽るように拓海が芝居したのも、そういう俺の気持ちを拓海は知ってるからだよ」

清光が大きく目を開いた。驚いて言葉が出ない様子だ。

「清光が俺に対して特別な感情を持ってるんじゃないかって、拓海は誤解してるけど……」

拓海に煽られて、清光も反駁《はんばく》していた。でも清光に恋愛感情の自覚がなければ、あれは拓海に対するたんなる対抗心だ。

清光から言い訳をされる前に、侑志は言葉を続けた。

「俺はそんな誤解してないから、だいじょうぶ。清光は普通に、俺のこと大事な友だちだって思ってくれてるって分かってる」

――「離れる気ない」って言われて、内心でつい歓んじゃったけど……清光はやっぱり、俺に恋愛感情なんて持ってないと思うよ、拓海。

それに清光はあいかわらず、自身の恋愛対象を『女性』だと認識しているのではないだろうか。

「え……ちょっと待って。勝手に決めつけんな」

「決めつけ……かな。高校の頃だって俺のことを友だちとしか思ってなくて、二十六年生きてきて、今になって急に同性を恋愛対象として見るなんて……あり得る？」

拓海に向かって清光が「俺はもう、侑志と離れる気ない」と啖呵《たんか》を切ったのだって、侑志と同じ気持ちからではないのだと思う。

その指摘に対して清光は何も言い返せないようで、沈黙してしまった。

――あんなうれしいことを言われると、あっという間に『好きダム』が決壊しそうになる。

拓海は「清光は侑志を好きだけど、自分の恋愛感情にすら気付いていないかもしれない」というようなことを言っていた。もしそれが本当だとして、無自覚な彼に「それは恋愛感情だよ」とこちら側から刷り込むのが正しいとも思えない。

「長い間、疎遠だったのが奇跡的に仕事絡みで再会できたんだし、この先長くつきあっていきたいって、清光もそう思ってくれてるんだよな？」

俺もそう思ってるよ、という気持ちを込めて訴えると、清光は何か言いたげにしていたくちびるを引き結んだ。

友だち思いで気を遣う人だから、また清光を困らせてしまっているのではないだろうか。

「清光……俺たちやっぱり……仕事以外では会わないほうがいいんじゃないかな……」

長く傍にいるために、ようやく取り戻した『友だち』というポジションをこの先も大事にしたい。任された仕事だってある。互いにそこで気まずい思いはしたくない。

「えっ……侑志、何言ってんだよ」

清光は焦った様子で前のめりになっている。

「ちょっと……気持ちを整理したいっていうか」

「どういうこと？」

「きのうの夜みたいなのは困るし、だめだなって。だから、しばらく……頭冷やしたい」

具体的に説明しなくても、清光には通じたようで押し黙った。

いっとき熱に浮かされたように盛り上がったり、なんとなく雰囲気に流されたりするのは、大きな間違いだ。

「俺、清光とまた会えて、ごはん食べたりライブ行ったり、高校時代に戻ったみたいでうれしかったんだ。清光とはこれからも長くつきあっていきたいしさ。いい友だちとして」

「でも、じゃあ、離れる必要ないだろ」

たしかに矛盾している。清光が言うことも分かるし、頭ではどうすべきなのか分かるけれど、自分の気持ちがそれに追いつかないのだ。

「仕事もあるから、携帯番号変えたりしない。音信不通になんかならないから」

するとと清光は顔を歪めて、小さく「そんなの納得できない」とつぶやいた。

「しばらくでも、いっときでも、『離れる』っていう選択が俺たちにとって最善とは思えない」

清光に熱烈な眸と強い口調で訴えられ、侑志は一瞬怯んだが、簡単に「そうだよね」とはうなずけない。

「高校のときも友だちでいる約束したのに俺がそれを破ったんだし……信用できないって気持ちも分かるけど」

「そういうことじゃなくて！　信用できないからとかじゃなくて……」

清光は今にもテーブルを越えてきそうだ。そんな熱量で、彼が何を訴えるつもりなのか皆目見当がつかないが、侑志は気圧《けお》されて黙るしかない。

清光が緊張の面持ちでまっすぐにこちらを見つめ、こくっと唾を飲んだ。

「侑志………俺たち、つきあってみよう？」

「……つきあっ……え？」

自分が意味を取り違えているのか、それとも聞き間違いなのか。

清光に言われた言葉を頭の中で反芻《はんすう》しても、驚きすぎて侑志はすぐに言葉が出てこない。

ただ息を継ぐことしかできずにいると、清光が訴えを繰り返した。

「もう……ぜったい、侑志と離れたくない」

離れたくないと清光に言われて単純にうれしいのと、困惑とで頭が混乱する。

「……えぇ？　だからって『つきあってみよう』って、なる？」

理解しきれない。好きだからではなく、離れたくないからつきあうなんてあり得ない。

「世の中のカップルは、いくらでもそうやって始まってる。『つきあってみる』ってそんなにだめかな」

たった今ここで、思いついた案なのだろうか？　だってずっと考えていたとも思えない。

「昨日今日合コンで出会った大学生同士ならそれもアリだよ。でも、俺たちはそういうのじゃないだろ。清光は、なんも分かってないよ」

「何が？」

「男と……俺と？　つきあってみるって何？　なんなんだよもう、かんべんしてくれよ……」

試供品みたいに使ってみて気に入らなければ、返品されるのだろうか。

侑志は頭を抱えた。

「そういうことじゃ……」

「なんでだよ。気持ちに整理をつけるために、そこに一カ月か二カ月か三カ月か、こんなふうにふたりきりで会わないって、時間くれって言ってるだけだろ。ＬＩＮＥだって無視しないし、『マローンＳＣ』のほうでも顔を合わせるし」

「二カ月か三カ月……って、そんなのいつになるか分かんなすぎだろ」

清光はかたくなに首を横に振る。

「侑志は気持ちを整理するって言うけど……冷静になって整理してくれなんて俺は思ってない。望んでない」

「何それ、俺と恋愛できるわけじゃないのに、好きでいてほしいってことかよ」

身勝手だと思うから、責めた口調になった。

清光は少し困った顔をしたものの、怯まず続ける。

「うん……侑志に、俺を好きでいてほしいと思ってる」

「……呆れる」

その返した言葉のとおり、侑志は唖然とした。

応えてくれるわけでもないのに、一生片想いをしていてくれ、ということだろうか。

「片想いを終わらせる権利を清光が奪うことなくない？」

「でも、侑志に好きって言われて、うれしいんだ。離れたくないし、きらわれたくない。こういう気持ちが、恋なのかなって。だから、たしかめたい」

口を挟む間もなく懸命に、しかし身勝手な理由で口説かれて、侑志はついに押し黙った。

「侑志も俺も男だっていうのは分かってるけど、そのことはあんまり頭になかった。それを『マイノリティの恋愛を真剣に考えてなさすぎ』って言われると……そうかもしれないし、高校のときから成長してない脳筋でごめん。自分が分かってることだけ主張して、侑志を混乱させてる。それでも、何回でも言うけど、とにかく今は少しだって侑志と離れるのは、いやだ」

離れたくないという言葉だけ抜き出せば耳当たりがいい。そこに一瞬ぐらっとくるけれど、清光は恋愛感情などなく、ただ離れたくないだけだ。

「だからお試しでつきあってみようって？　それで……だめになったらどうするんだよ」

もしだめだったら、彼らしい責任感とやらで、なんとかしてくれるのだろうか。それとも今度こそきれいにご破算にされるのだろうか。侑志にすれば、そんなのどちらにしても地獄だ。

「だめにはならないと思う」

「どこから来るんだよその自信」

侑志は呆れ顔で返した。恋愛感情を自覚していないのなら、根拠はないに決まっている。

恋みたい、なんてふんわりした感覚に身を任せろと言うのか。

ずっと友だちでいられるならもう二度と好きとは告げないし、もう一度友だちとして傍に居続ける覚悟をしたいのに、清光はそれをぶち壊そうとしているとしか思えない。

「むちゃくちゃだ、そんなの。俺はいやだからな」

お試し程度のそんな軽いノリで、拓海に煽られた勢いで、「つきあおう」なんて言いくるめられたくない。だってこっちは、あいかわらず清光だけを好きだからだ。

「侑志っ」

「ぜったい、いやだ」

強く断言した。伝票と荷物を摑むと、その様子を清光がむうっとくちびるを歪めて見ている。

「またそうやって先に帰んの」

侑志はうなだれ、「はぁ」とため息をついた。清光とケンカしたいわけじゃない。ケンカのあと再び顔を合わせるとき、また今日みたいにもだもだしたくない。

「清光も、今日はもう帰ろう」

結論は出ていない。清光は「つきあってみよう」を曲げないいし、侑志はそんなものは受け入れられないから、これ以上話を続けても平行線だ。

居酒屋の支払いは男前な拓海がすでにすませてくれていて、これでまたケンカしたなんてバレたら、彼になんと責められるか分からない。

「侑志、えっ、ほんとに帰るの？」

「帰る」

　居酒屋を出て、とっとと最寄り駅の方向へ歩きだした。それを清光が追いかけてくる。

「きのうもそうやって俺を置いて帰っただろ。そういうのよくないと思う。途中まで一緒の路線なのに渋谷駅までぼっちでとぼとぼ歩いてさみしかった」

「ライブで盛り上がった気分がいっきに醒《さ》めたもんな。お互い様」

「あーあーあー、ケンカやめようぜ～」

　いきなり手をつながれて侑志は「ぎゃっ」と身を引いたが、清光が放してくれない。

　周りの目が気になる。そんな侑志に清光は「ぴりぴりしない」とまったく気にもとめていない調子で、つないだ手を少し大げさに振って歩きだした。

「高校のときから、食べもので超くだらない小競り合いとかしてたけどさ、侑志とこういう言い合いですら楽しいよ」

「ただでさえ恥ずかしいのに、手ぇ振らなくていいってばっ」

「酔っ払いにしか見えないからだいじょうぶだって」

　しかし清光に手を引かれて歩くうちに、諦めの境地で、さっきまで滾《たぎ》っていた憤りは少し落ち着いた。嘘をついたり、煽ったり、清光が冷静さをなくすようなことをしたのはそもそも自分だ、と思うと、申し訳なさも感じる。

「……こんなことしたって、つきあわないからな」

　譲らない侑志に、清光がようやく「……分かった」と答えた。

「でも、距離も時間も置かない。『マローンSC』のためにも、俺たちはいい関係でいなくちゃいけないと思う。だから『しばらく会わない』とか言うのはナシな」

清光は頑として意見を変えるつもりはなさそうだし、最後の最後に仕事を引き合いに出されたら呑む以外になくなり、侑志は「分かった」と同意した。

「……しかし、このままじゃ仲直りの空気にならないな。侑志、今度休みの日に予定合わせて鎌倉行かない？　行ったことないっつってただろ。行こうよ」

今回のケンカの気まずさを、それでなんとかしようという作戦なのか。

「……鎌倉？」

「ひさしぶりにスイーツ食べたり、あとほら、タコのぺっちゃんこのやつとか、しらす丼食べたり。お互いに彼氏も彼女もいないわけだし。友だちなんだから、何もおかしなところはないだろ」

清光の言うように『友だち』という枠組みから外れているようなことはひとつもない。

「……もちろん日帰りだよな」

侑志が補足すると、清光は「うん、分かってる」と答えた。

□　6　□

六月最後の土曜日に行われるリーグ戦で復帰する予定のレオは、リハビリのあと、徳永《とくなが》院長の最後の診察を受けて、正式に通院終了と競技復帰の許可を言い渡されるはずだ。

「足首の可動領域も充分に広がってるし、ブレーキもジャンプも問題ない。力が抜ける感覚とか、腫れ、痛み、違和感があったら、まず冷やす。そしてぜったいに無理せず、すぐに連絡してね」

クールダウンのマッサージをしながら侑志《ゆうし》が理学療法士としてのリハビリの結果を伝えると、仰向けに寝ていたレオは身を起こして「じゃあ」と目を輝かせる。

「軽いジョギング、徐々に走り込み、アジリティと複雑な動きを入れてアップしてって、シュート練習は水曜以降を目標に。今日は六月の第二土曜日で、試合まであと二週間しかないけど、コンディションに自信を持てないと、いいプレーはできないから」

侑志のアドバイスを受け、うなずいているレオはうれしそうだ。

「ありがとうございます。宮坂《みやさか》さんには、病院以外でもずっとフォローしてもらってたし」

夜遅くに「次の試合、出れるかな」と不安そうなＬＩＮＥメッセージを受け取ったこともあった。そんなとき選手がどんな言葉を欲しいか、侑志は分かっているつもりだ。根拠のない見通しは油断を呼び、上辺だけの言葉掛けは逆に不安を抱かせる。具体的に「ここまで動くようになったら」「これができるようになったら」とはげました。

「がんばったね。気になることがあったらいつでもＬＩＮＥして。通院しなくてよくなっても、サッカーの練習や試合前にストレッチを人より念入りにね」

マッサージも終了し、一階で診察を受けられるように準備をする。

「このカルテを一階の受付に出してね。最後に先生の診察があるから」

見送りのために来たエレベーター前で、患者個人に合わせて作ったストレッチについての小冊子とカルテをレオに渡すと、彼が何か言いたげにじっとこちらを見つめてきた。

「あ、何か訊《き》きたいこととかある？」

「宮坂さん、今度ごはん行きませんか」

「え？」

「リハビリがぜんぶ終わったら、誘ってみようって思ってたんだ」

唐突すぎて、侑志は返事に困った。どういう意味なのかもよく分からない。

「……ごはん？」

「うん。お世話になったし、お礼もかねて。復帰戦、観に来てくれるんですよね。その試合のあととか、どうかなって」

お礼ということは、侑志のこれまでのフォローがよほどうれしかったのかもしれない。そんなレオの気持ちはうれしいのだが……。

「え……と、俺も試合の応援には行くつもりだけど、そのあとにちょっと用があって」

「……用って、もしかして清光《きよみつ》さん？」

ずばり言い当てられて、侑志は言葉に詰まった。

本当のことをいうと、清光と確実な約束はしていないが、『マローンSC』関連の集まりのあとは清光が当然のように誘ってくるので、あまり他の予定を入れないようにしているのだ。

「……あー、うん」

「なんだよもう……ほんと仲良しだな。うちのチームでのストレッチ指導のあとも、毎回ふたりでどっか行くでしょ。清光さんは『反省会だ』とか言ってるけど」

月に一回、『マローンSC』のグラウンドで理学療法士としていろいろとアドバイスをしたり、選手ひとりひとりの身体《からだ》の状態を直接目で見て、さわって、確認している。そのあとは決まって、清光と錦糸町《きんしちょう》の居酒屋へ行くのだ。

「居酒屋で『反省会』って名目で飲んでるだけだよ」

「清光さんの話を聞く限り、それ以外にも週一？　多いときは週二くらいで会ってるみたいだし。『侑志がやってくれるヘッドスパが最高』だの『うちで作ってくれたグラタンがうまかった』だの、昼休みにその写真をうきうきしたかんじで見せられて。なんだよ、つきあってんのかよって」

「こうやってあらためて聞くと、そうつっこまれても、たしかにしょうがないかんじだね」

「ヒトゴトかよ。これ宮坂さんと清光さんの話だからね？」

しかし、あの『つきあってみよう』以降、飲みには行っても清光の部屋には上がっていない。

清光にも「行かない」と伝えてある。

「聞いてる俺まで恥ずかしいな。もらい事故すぎる」

「そういうの見せられるたびに、清光さんばっかりずるいなぁって思うんで」

侑志は渇いた笑いをこぼした。ちょうどエレベーターが到着し、彼に「どうぞ」と促す。

レオは乗り込む前に、もう一度「ほんとにごはん、行きましょう。清光さんはナシで」と念を押してきた。

「じゃあ、復帰戦が終わったあと、お互い都合のつく日に」

「宮坂さん、俺のは社交辞令じゃないからね」

必死な様子のレオに、侑志は「うん。分かってる」と笑顔でうなずいた。

「月一のストレッチで来週そっちのグラウンドに行くから、そのとき足の具合を確認する。練習がんばって」

あまり突き放す言い方にならないように注意したが、レオは最後に諦めた顔でうなずいた。

「はい。ありがとうございました」

　エレベーターのドアがゆっくりと閉まる。ドアがぴたりと閉じるその瞬間まで、レオに見つめられていた。

　どういう意味の『お誘い』なのかよく分からないけれど、レオの本心について突き詰めたいとは思わない。彼は侑志にとって、患者でしかないからだ。


　友だちなのだから飲みに行くし、休日に鎌倉《かまくら》まで遊びにだって行く。まちがってはいない。

　江ノ電に乗って、鎌倉の中心部に建立する鶴岡八幡宮《つるおかはちまんぐう》を参拝し、小町《こまち》通りでは観光客にまじってソフトクリームなど食べ、七里《しちり》ヶ浜《がはま》海岸を「映画とかドラマでよく見るやつー」とふざけてスマホカメラで撮ったりした。

「男ふたりで何やってんだか」

「レオに画像を送ろう」

　強めの海風に煽《あお》られながら、清光がにんまりしてスマホを操作している。

「昼休みにあれこれ画像を見せられるって、レオくんから俺のところに苦情が来てるぞ」

「レオがしょっちゅう『宮坂さんが〜』『宮坂さんに〜』って言ってくるから、牽制《けんせい》してんの」

「牽制……？」

「架空の恋人は『架空』だったからいいけど、今度のは目の前に実在するし、若くてハーフのイケメン、うちのエースストライカーだ。あれに本気出されたらやばい」

清光は侑志に向かってにやっとする。

「レオがごはんに誘ってきただろ」

清光はスマホを弄《いじ》りながら天気の話でもするような調子だ。レオが清光にそんなことまでいちいち報告してるのか、と驚いた。

「行くの?」

「……ただの食事だろ。多分、行くかな……。レオくんの純粋なお礼の気持ちだと思うし」

先回りして避けるのは自意識過剰な気がするのだ。

清光は少々複雑な表情を浮かべつつも、最後は「そうだな」とうなずいた。

「レオのこと、俺もチームのみんなも、本当に感謝してる。ケガすると選手ってメンタルも折れて不安になるものだけど、侑志が病院以外でも熱心にフォローしてくれたって聞いたよ。仲間やライバルに言われると歪曲《わいきょく》して受け取ったりすることも、侑志からだと素直な気持ちになれたって、レオが言ってた。だから……レオから誘われた食事、ぜひ行ってやって」

何度もケガを繰り返した清光は、きっとレオの気持ちを誰より理解しているのだろう。

――俺も、そんな昔の清光を見てたから、今のこの仕事に就いたし、がんばろうって思うんだよ。

あの頃はまだ子どもだったからただ傍《そば》にいることしかできなかったけれど、今は清光が希望を託しているチームに、自分も裏方として貢献できるならうれしいと思う。

「うちの大事な選手を、徳永先生と侑志に預けてよかった。これからも『マローンSC』のメンバーのこと、よろしくお願いします」

あらたまってお礼を伝えられて、侑志はてれ笑いを浮かべた。清光にそう言ってもらえたこともうれしい。

「これからはもっと、ケガをしない身体作りをしていかないとね。リーグ昇格もかかってるし。俺もそのための裏方のひとりとしてがんばるよ」

レオが出られなかった二試合は、引き分けと一敗で持ちこたえている状況だ。

「そろそろおみやげ、買って帰ろうか。レオに『おみやげは？』って訊かれるだろうから」

清光がそう言って笑ったので、侑志もうなずいた。


夕暮れの江ノ電の中で、今日それぞれのスマホで撮った画像をさかのぼる。

沖に浮かぶサーファーを食べるまねしたトリックアートみたいな一枚や、あじさいに顔を近付けて女性アイドル風に撮ったもの、ポエム写真風の砂まみれの足元、海岸線を走る江ノ電、レモンクレープ、鎌倉焼……ばかみたいに撮りまくり、ふたり合わせて五十枚以上はある。

「疲れてきた辺りからだんだん写真が適当になってるな」

侑志は隣の清光のスマホを覗《のぞ》き込んで笑った。間違ってシャッターをタップしたのか、侑志の耳だけアップになっていたりして。「何それ消せよ」と侑志が言うと、清光に「だめ、消さない」と返された。清光は偶然撮れたそんな写真を見て、やけにうれしそうだ。

「なんかさ……耳だけって、えろいな」

清光がにまっと笑う。

侑志は「は？」と返した直後、高校時代のことを思い出した。自分にも身に覚えがある。

「侑志、ここにほくろあるの知ってる？」

「……え？」

清光がその耳だけ撮れた画像を「ここ」と指した。しかしその画像をいくら見ても、ほくろっぽいものは見当たらない。

「この裏側」

「裏？」

清光が「撮って見せるから」とスマホを片手に、侑志の耳殻を指でつまんだ。

「……うわっ……」

「動くなって」

つまんだところをぺろっと捲《めく》って、そこにあるほくろにスマホカメラを向けているらしい。

なにげない行動かもしれないが、好きな人にそんなところをさわられるのはたまらない。ぞくぞくと背中に甘い痺《しび》れが走る。

――こっ、これくらいのことで……！

膝の上に置いていたリュックを、侑志はぎゅっと握って耐えた。

「……おっけ。撮れた。ほら」

「………………」

のんきな調子で清光がその画像を侑志に見せてくる。解放されてほっとしつつ清光のスマホを覗くと、たしかに侑志の右耳の裏側に小さなほくろがひとつ写っていた。

「こういう、陽《ひ》が当たらないところにあるほくろってさ……なんか色っぽいな」

とてもいやらしいことを言われている気がして、侑志はただ黙った。清光も無言になり、奇妙な沈黙が流れる。

「……なんで黙るんだよ」

彼以上に黙っている自分のことは棚に上げ、そわそわするような空気に耐えられなくて侑志がつっけんどんに問うと、清光は困り顔で「いや……うん」とだけ返した。

長い沈黙が続いて、たたたん、たたたん、と電車が走行する音ばかりが耳にさわる。

「ポエム写真、おもしろいな。今度は侑志とこういうのばっか撮りに行くデートがしたい」

「……デート？」

「今日のもデートだろ」

「……友だち同士のただの日帰り旅行みたいなもんだろ」

「えーっとまぁ、はい、なんら変わりないといえばそれまでですが」

出したものをすぐに引っ込める素直な清光の反応がおかしくて、侑志は顔を俯《うつむ》けて声に出さないようにして笑った。

「何がおかしい」

「いや……清光も満足してるみたいだし、ますます、いつもどおりのこんなかんじでいいんじゃないかなって思って」

だってしあわせだ。ずっとこのままがいい。

梅雨の時季らしく一日すっきりとした青空じゃなかったけれど、どこで何をしても楽しかった。隣には清光がいて、あじさいを見るとか、半分こして食べるとか、それこそ、ただ砂浜を歩くだけでもうれしくてたまらなかった。

だからよけい、こういう時間をもう二度と失いたくないと思うのだ。


東京駅《とうきょうえき》に着く直前に小雨が降り始めた。

「え〜、帰るのはちょっと早いよな。うちに寄る？」

清光に手を引かれ、人混みを避けて柱の陰に誘われる。

「……っていう距離じゃないし、家には行かないって言っただろ。それにあした仕事だ」

住吉《すみよし》と新板橋《しんいたばし》だから、ここで右と左に分かれなければならない。するりと彼の手をほどくと、清光はつまらなそうにした。朝からずっと一緒で、侑志だって本当は離れがたい気持ちだ。

人が大勢行き交う様子をぼんやり眺めていて、ふと気付くと、清光に見つめられていた。

「何？」

「……今日もすごく楽しかったたし、たしかに満足してるけどさ……」

清光は俯いて「ううーっ」と唸《うな》ると、息をひとつ大きくはいて顔を上げる。

「ほんとはもっと一緒にいたい……。でも……うん、我慢する」

奥歯を噛《か》んでうなずいた清光が「じゃあ、また」と侑志に手を振り、人混みの中に紛れた。

本当はついて行きたい。このまま追いかければ間に合う。

どきどきと胸が騒がしい。

ほんとはおまえなんかより、俺のほうがもっと長い間ずっと好きだったし――恋の気持ちでなら、誰にも負けない。

見えなくなるぎりぎりまで迷う。今この人混みと距離でも「清光！」と叫べば届くだろうか。

そのとき、「宮坂さん」と横から声をかけられた。

「……っ、あ、相原《あいはら》さん」

そこに月子《つきこ》が現れてどきっとした。

「こんにちは。おでかけだったんですか?」

肩にひっかけていたリュックと、足もとはスニーカー、手には鎌倉土産の紙袋をさげている。

「え……あ、はい。……清光と、鎌倉とかあの辺を」

言おうかどうしようかと一瞬迷ったが、隠さなければならないこともないはずだ。それに清光は自身のツイッターにすでに画像を上げていた。

「……あ……清光さんと」

月子は遠慮がちにほほえんでいる。

空気がもうぎくしゃくしてしまい、会話が続かない。

すると月子が「あー、あの……」と何か言いかけた。

「……ちょっと前に、銀座《ぎんざ》のイベントブースにいらしたときに、『彼女なの?』って宮坂さんに訊かれて……曖昧な答え方しちゃったの……ずっと気になってて」

「え、あ、あぁ……こっちこそ、ごめんなさい。仕事中に訊いていい話じゃなかったですよね」

「わたし、清光さんの彼女じゃないです。チームのみんなに、愛称みたいなかんじで『カノちゃん』って呼ばれてるってだけで……」

そうらしいね、とも答えられず、侑志は気まずい。

「清光さんはほんとは困ってるんだと思うんですけど……。やさしいから、わたしが悲しくならないように気を遣って、人前で否定しないでいてくれてるんだろうなって……。あ、急にこんなこと話しかけられても困りますよね！　でも、彼女じゃないです、って言えて、すっきりしました。ごめんなさい。それだけです」

侑志はとくに言葉を返さず、ぎこちなくほほえんで控えめにうなずいた。

あのとき侑志が月子に、場所や状況などお構いなしに確認したかった意味を、彼女もなんとなく感じたのかもしれない。

「来週のレオくんの復帰戦、応援に来てくださるんですよね」

「うん、行くつもり」

「宮坂さんの分の飲み物も準備してますから」

元気にふるまう月子に、侑志も明るい声で「ありがとう」と返した。

侑志の目の前で、拓海《たくみ》が半眼になっている。

木曜日は午後が休診なので、拓海からカフェに呼び出された。

「……あれからなんの音沙汰もないから、毎日いちゃつきすぎて俺のことなんか忘れてるのかなと思ってた」

拓海の棒読みが怖い。清光から話を聞いているかもしれないとも考えたし、とてもじゃないが自分から現状を報告する気にはなれず、つい先延ばしにしていたのだ。

「す……すみません……。あ、あのっ、あのときの飲み代、俺も払うよ」

「そういうことじゃないだろ。なんでいまだにつきあってないんだ。あれだけのお膳立てをしたのに？　もうあの勢いでラブホリベンジしてから考えればよくない？」

矢継ぎ早に責められ、侑志はひたすら「ごめん……」と謝った。

「このチャンス逃したら、ほんとに一生友だちで終わるからな。うっかりしているうちに結婚式に呼ばれて『友人代表』まで頼まれる。花婿を連れ去るのなんか、映画の中でだけ許されることだからな」

「男が新郎を連れ去るような映画はないよ、拓海」

「そんなこと知ってる」

拓海の目が皿のように細くなっている。

清光はいつか他の誰かと結婚するかもしれない——そういう状況を具体的に想像したくなくて侑志がもぞもぞと下を向くと、拓海はため息をついた。

「まぁ、一度疎遠になった事実があるし、そんな簡単じゃないってことも分かるけどさ。なんだよもう。あの日はただ飲んで帰ったのか？」

勝手に話していいのかと戸惑ったけれど、拓海はすでにこうしてふたりに係《かか》わっているし、同じように清光に訊けば答えるだろうから侑志は口を開いた。

「清光から……『つきあってみよう』って……言われた」

とたんに拓海が背筋をぴんと伸ばし、目を瞬かせている。

「あいつから言われたの？　それなのに、つきあってないわけ？」

「だって、そんなお試し、あり得ないだろ」

「なんでだよ。あっちは前向きってことだろ」

「前向きなんじゃなくて、俺を好きだからでもなくて、『もう離れたくないから』の一点張り。なんかもうほんと、綿菓子みたいに口に入れたら即終了しそうな予感しかしない」

拓海が「綿菓子」と笑った。

「きのう今日ふらっと出会った人なら『試す』のもアリかなと思うけど、清光とつながってる仕事だってある。清光のことも大切だけど、仕事抜きで恋愛だけ考えるなんて無理だよ」

何か大きなものを犠牲にしたり、なおざりにして、『徳永整形外科医院』の理学療法士としての責務を全うできないなら、きっとそれはいい恋愛ではないのだ。

侑志の意見に、拓海が「んー……まぁ、そうだな」と理解を示してくれた。

「清光のツイッター見た。日曜だっけ、鎌倉に一緒に行ったのアレ、侑志だろ？」

「……あ、うん……」

「どこからどう見てもデートツイートだ、あんなの。野郎ふたりで楽しかったんだろうなぁって、いっそほほえましいけどな」

侑志の顔は写らないように配慮して撮ったものや加工した画像を、清光個人のプライベートアカウントからツイートしていた。

「楽しかったよ。俺はあれで、もう充分しあわせなんだ」

清光に高校時代にあったような、いやな思いをさせたくない。もう二度と。

今の状況で自分が満足しているのだから、これ以上を望むのはただの強欲な気がするのだ。

拓海が、しょうがないな、というように嘆息する。

「最終的には……どんなかたちであっても、清光と侑志がずっと一緒にいられるといいなって、俺も思うけどな」

拓海にあたたかい声でそう励まされて、侑志は「うん」とはにかんだ。


レオの復帰戦となった試合の開始十分を過ぎた頃に、侑志は競技場の観客席に到着した。こんな日に限って、土曜日午前の診療が少し長引いてしまったのだ。

清光が「こっち」と手を挙げて場所を知らせてくれる。侑志は清光に招かれて彼の隣に座った。周辺には応援に来た社員や、選手の家族などが集まっている。

月子も少し離れた座席に座っていたが、こちらに気付いて笑顔で会釈してくれた。

「試合どう?」

「前半始まって十分、０対０」

ピッチの様子を見る限り、『マローンＳＣ』は相手チームに押され気味だ。

「レオくんは?」

「調子はまずまずかな。波も来てるしチャンスはあるんだけど、なかなかゴールが決まらない。ちょっと動きが硬い気がする。復帰戦だから力んでるかんじ」

レオがゴールを狙ってシュートを打つも、ゴールポストの枠をわずかに外れる。

「あーっ！　おしい！」

観客席側は再三逃しているチャンスに思わず落胆の声を上げてしまう。そしてその声は案外、広いピッチを走る選手に届いているものだ。

侑志は立ち上がった。

「レオー！　次、決めるよー！　落ち着いて行け！」

前向きな言葉をかけることで、『できる』と暗示する。身体を制御するのは肉体だけじゃなくて心も大きな要素となるから。選手にとって大切なメンタルコントロールだ。

今日の試合で負けるようでは、リーグ昇格の夢が遠ざかってしまう。選手も応援席もみんなそれを分かっているから、つい力が入ってしまうのはレオだけじゃない。

試合は前半を０対０のまま折り返し、後半戦がスタートした。

押され気味だった前半とは打って変わって、後半は選手みんなの動きが良くなり、開始早々にゴールにつながった。大切な先制点を決めたのはレオだ。そこから息を吹き返したように、レオの動きが変わった。滑らかで硬さがない。完全に自信を取り戻したのが分かる。

「もう一点取ろう！　中盤、押し負けんな！」

「切り返せ！」

相手チームも点を奪おうと必死に攻めてくる。

「あっ！　まずい！　シュート来るよ！」

「キーパー！」

相手のMF《ミッドフィルダー》が飛び出し、シュートを狙ってペナルティエリアに突っ込んでくる。『マローンSC』のディフェンスに阻まれながらも打たれたシュートは、ゴールポストを大きく逸《そ》れて救われた。観客席側では相手応援団の落胆の声と、こちらの安堵《あんど》のため息が入り混じる。

早く二点目が欲しいところだ。

「……怖い」

侑志は思わずつぶやいた。気の抜けない試合展開でぞくぞくする。自分が出場しているわけじゃないけれど、応援する側もピッチを走る選手と一緒に緊張感が増すのだ。

「俺……清光を応援してるときも、こんな気持ちだったよ」

「え？」

「高校の頃……清光と一緒に走ってる気持ちだったから、こういう瞬間もすごく怖いんだけど、ぞくぞくして高揚する。この感覚が、すごく好きだった」

あの頃から清光への想いは何も変わっていない。レオがピッチを走る姿を見ながら、いまだに清光をそこに重ねて見てしまう。

「レオくんを見てても、清光を思い出すんだ」

「……侑志」

清光が好きで好きでたまらないから。きっとこの先も、何をしても何を見ても、自分は清光のことを考え、清光を想うのだろう。

ずっとそうだったし、分かっていたことだけど、それをまた今ここで実感する。

侑志の目に、自然と涙が溢《あふ》れた。ケガから復帰して、あんなふうに走りたかったはずの清光のことを想うと、泣けてしまって仕方ない。

すると清光が侑志の手を握った。取り繕う間もなくて、侑志は涙が流れるのをそのままに清光のほうへ目をやる。すると侑志の気持ちを「分かってるよ」とでもいうように、清光がやさしくほほえんでくれた。

「このあとも勝ち進んで、みんながリーグ1部の試合に俺たちを連れて行ってくれるよ」

フィールドに立つ選手を信じ、夢を託して応援する。観客席からはそれしかできないけれど、心は彼らとともにそこにある。

試合はアディショナルタイムいっぱいまで白熱し、相手チームも全力の抵抗を見せる中、レオの追加点もあって2対0で勝利した。

試合終了のホイッスルが響いて、わっと立ち上がる観客席の中で、侑志は「あー、よかったぁ」とほっとして立ち上がれない。

だってケガをして復帰するレオ本人はもちろん不安だったろうけれど、侑志もはじめて専属の理学療法士として任された『マローンSC』の選手の完全復帰を心から願っていたし、心配もしていたのだ。試合に勝利したこと、レオが復活ゴールを決めてくれたうれしさ以上に、安堵が大きい。

「侑志、ありがとな!」

清光が手を差し伸べて握手を求めてきたので、侑志もそれに応える。

握手だけかと思いきやその手を力強く引っぱり上げられ、ぎゅっとハグされたから、侑志は瞠目《どうもく》した。

「よかった……俺もレオのこと心配だった」

「……清光……」

清光もやはり、レオのケガを昔の自分と重ねて見ていたのだろう。

「復帰戦でレオは完全に自信を取り戻せたと思う。ケガした身体だけじゃなくてメンタル面でも、レオの気持ちにちゃんと寄り添ってくれる存在があったからだ」

WIN!
WIN!
WIN!
MSC

「……そんなのごく普通の、当然のことだし……」

ふと、レオが自分のセクシャリティについて明かしてくれたのも、侑志のフォローが彼の心に届いていたからなのかもしれないと思い当たった。

特別なことをしたわけじゃないけれど、結果的にレオの不安な心をほぐしていたならよかったと思う。

勝利した選手が整列し、応援席に向かって一礼する。

侑志は清光と一緒に『MaloneSC, GO FOR WIN!』の横長のスポーツタオルを広げて高く掲げた。


試合後も残っていたチーム関係者や応援団のところへ、選手たちが戻ってきた。

「皆さんの応援のおかげで、今日の試合は2対0で勝利することができました。次の試合も勝利し、リーグ突破に向けて前進します。ありがとうございました！」

キャプテンを代表に選手全員があいさつをして終了となった。「おつかれさまー」と声をかけ合い、それぞれに解散していく。

運営の代表から、侑志もレオの復帰に際して礼を伝えられたり、慌ただしくしている間に、清光とはぐれた。人混みの先のほうで清光を見つけたが、運営陣と応援団と選手の世話で忙しそうだ。もしかすると今日は清光と侑志もこのまま解散かもしれない。

「いやー、レオくんも完全復帰できて安心だ」「次の試合も期待できるね」そんな歓《よろこ》びの声があちこちから耳に届く中、侑志は突然、腕を引っ張られた。

「宮坂さん、こっち」

「えっ、レオくん？」

レオに腕を摑まれ、ひとけのないクラブハウスの陰に誘われる。

「どうした？　なんかあった？」

「応援はうれしいけど、偉い人たちに捕まると長いからさ」

にっと笑ったレオに、侑志はあらためて「おめでとう」と伝えた。

「おめでとうはまだ早いよ。リーグ突破決めてからじゃないと」

「復帰戦で2《ツー》ゴールも決めたんだから、おめでとうだよ」

「宮坂さんの声、届いたよ。胸に響いた。『次、決めるよ』『落ち着いて行け』って、宮坂さんの声を頭の中で何度も繰り返してた」

レオがうれしそうにそうおしえてくれる。

「なんかあらためて言われると恥ずかしいな」

「宮坂さんのこと、好きだから」

さらっと伝えられて、侑志は口を半開きのまま固まった。

「宮坂さんを好きだから、見守ってくれてるって分かったから、俺にとって今日最高のパワーになったと思う」

「……好きって……」

「リハビリのときから、宮坂さんのあたたかさが伝わる話し方とか、やさしい笑顔とか、いろいろ気遣ってくれるところとか、ぜんぶうれしくて……あ、好きっていうのは、恋愛の意味なんだけど……男にこういうこと言われんのきもい？」

レオが軽い口調で訊いてくる。侑志はそれを否定して首をふった。

レオがほっとした様子で続ける。

「あ、もちろん、俺だけが特別なわけじゃなくて患者だからってのは分かってるよ。親身になってくれる意味も、なんとなく気付いてるし」

「親身になる……意味？」

侑志の問いかけに、レオは少し迷って口を開いた。

「昔、宮坂さんは清光さんをいちばん近くにいるマネージャーとして、間近で見てたから。だからケガをした俺の気持ちも、身体のことも分かってくれてたし、熱心に面倒見て寄り添ってくれてたんだろうなって」

理学療法士としては当然のことしかしていないつもりだが、たしかに、心にはいつもそのことがあったと思う。

「ケガを早く治したいってもちろん思ってたけど、治ったら宮坂さんにあんまり会えなくなるな、それはさみしいなって気持ちもあったよ。だからリハビリが終わりに近付くと、すごく複雑な心境だった。好きだから、病院とかサッカー以外で会える理由を探してた」

レオが真剣なまなざしで想いを伝えてくる。

侑志は目線を泳がせ、なんと答えようか迷った。

「……あ、……えっと……それは、あれじゃないかな。レオくんは患者さんで、俺は理学療法士だから、信頼を寄せる気持ちを恋愛感情と勘違いすることはよくあるんだよ」

侑志の説得にレオは「そんなんじゃない」と首を横に振る。

「俺も宮坂さんとサッカーに関係ないところで会いたいし、ふたりで遊びにだって行きたい。そういうの自慢げに報告してくる清光さんのことが、ちょっとむかついて、だいぶうらやましいんだ。それで、リハビリの間に個人的にお世話になったお礼もしたいし、やっぱ今日、俺とごはんに行ってくれませんか」

侑志は返す言葉をなくして口を噤《つぐ》んだ。

「清光さん、今日は運営の人と飲みに行くかもよ」

清光と約束してると言い訳してレオの誘いを一度断ったけれど、今の状況ではそれも難しい。お礼の気持ちとお誘いは慎んでお受けしたいと思うが、彼の恋愛感情には応えられないのだ。

「……ごはん、だけならいいんだけど……」

レオはすぐさま「やった！」なんてガッツポーズで歓んでいる。

「レオくんの『お礼したい』って気持ちはすごくうれしいよ。レオくんが完全復帰する姿を目の前で見たかったし、それがかなって、だからごはんも行きたいと思うけど、でも、レオくんの好意には応えることができない」

「あっ……もう、なんでこの場で返事するかな。清光さんとつきあってるわけじゃないんだろ？　俺とごはん行って、デートとかして、それからちゃんと考えてくれてもいいじゃん」

レオもなかなかに食い下がってくるが、この状況でも侑志の頭に浮かぶのは清光のことで、他の誰だろうと検討の余地なんかない。清光もレオみたいに「つきあってみよう」「ぜったい離れたくない」って畳みかけてきたよな……とこんな状況になっても彼のことを考えてしまう始末だ。

「俺とつきあってみること、できませんか？」

レオにそう問われて、侑志は驚いた。清光とほぼ同じことをレオに言われたからだ。

「……なんでちょっと笑ってんの」

レオに指摘されるまで気付かなかったが、うっかり顔がにやけてしまっていたらしい。

「ごめん……笑ったわけじゃなくて、いろいろと清光に似てるなぁって思っちゃって……」

似ているけれど、その言葉を受け取った侑志自身の気持ちがぜんぜん違う。

清光に「つきあってみよう」と言われたときは憤ったのに、レオからだと風浪のひとつも立たず、心は穏やかだ。

——レオくんに言われたらうれしかったわけじゃなくて、俺が清光のことを本当に好きだから……だから清光に軽く「つきあおう」って言われると、悲しくて、腹が立ったんだ。

理屈じゃなく、清光にだけ心が動く。

「……なんで今、清光さんのこと考えてんの」

レオはおもしろくなさそうに、むっとくちびるを歪《ゆが》めた。

真剣に想ってくれている彼には、ちゃんと自分の気持ちを伝え、分かってもらわなければならない。適当な逃げ口上は不誠実だ。

侑志は決意して、ひとつ息を吸った。

「しょうがないよ……だって俺にとって清光は特別な人なんだ。小学生の頃からずっと特別だった。好きって言葉すら薄っぺらに思える。好きなんて言葉じゃたりない。どう表現すれば想いをちゃんと伝えられるか分からないくらいに、好きなんだ」

地球の大きさよりも、空の高さよりも、宇宙の広さよりも——もしも誰かに「どれくらい好きか」と子どもみたいに訊かれたら、恥ずかしげもなく、憚《はばか》らずそう答える。

レオはしばらく茫然《ぼうぜん》としていたものの、俯いて、「はぁ」と大きなため息をついた。

「俺が入り込む隙なんて、宮坂さんの心にはないわけね……」

「レオくんのこと、これからも応援してるから」

「じゃあ最後にハグしたいな」

「……ハグ……」

好意が届かない代わりに、という気持ちは分からないでもないけど——侑志がそう思っていたところに、コンクリートを踏む足音が響いた。

「それはだめだろ、レオ」

振り向いたところに立っていたのは清光だ。

「ハグくらい、って軽い気持ちで言うなよ。侑志のことを好きだって言ってるやつには、ハグだろうがあいさつのキスだろうがさせない」

にこりともしない清光は珍しい。自分のチームの大切な選手に向かって威嚇とも取れる言い方なので、侑志は焦った。「き、清光」と声をかけてとめようとするも、清光は侑志の姿が目に入らないような勢いでそのままレオの前へ進む。

「でも清光さんにだって、そんなこと言う権利ないんじゃない?」

一触即発のふたりの間に侑志が割って入ろうとすると、清光がまるでレオからガードするように侑志の前に立ち、ようやくこちらをちらりと窺《うかが》った。

「侑志がそれを望んでるなら別だけど」

「えっ?」

これは何か返事をしないといけないのだろうか——と考えるうちに、清光が再びレオを睨《にら》むように見据える。

「いや……やっぱり、俺がさわらせたくないから、だめ」

「なんだよそれ、横暴。清光さんにそんなこと言う権利ないよね？」

レオは必死に、清光の陰になっている侑志に問いかけてくる。

「侑志にさわっていいのは俺だけなの。昔からそういう決まりなんだよ」

五つも年下のレオに対してただの独占欲丸出しの清光の言葉を、侑志は茫然として聞いた。

「俺にとっても、侑志は特別なんだ。他の男でも女でも、恋愛感情で侑志のこと誘われたら、黙っていられない。ましてやどさくさのハグなんて許すわけないだろ」

清光は清光自身の気持ちをきっぱりとそう言い放った。だからもう侑志もただ傍で聞いているだけというわけにはいかないと思う。

侑志は清光の背後から出て、自分の意志をレオに伝えることにした。

「……ハグは、しない。ごめん。清光以外とは、しない」

そんな決まり事はないけれど、そういう気持ちなのは本当だ。

侑志が断言するとレオはようやく観念したのか、ため息をついた。

「ほら、もうレオも帰ろう。身体冷やさないようにして。雨が降り出しそうだ」

清光に促されて、レオはしぶしぶ「……っんだよもう、分かったよ」と荷物が入ったエナメルバッグを肩にひっかけた。

「宮坂さん、今度ごはんくらいは行こうね」

「あ、うん」

「清光さんも一緒でいいっすよ。あとから面倒そうだから」

レオはベッと舌を出して、「じゃね」と手を振って、ふたりの前から立ち去った。

駆けていくレオのうしろ姿を見送りながら、清光がほっとため息をつく。

「あのままもうひと押しされて、俺が出てこなかったら、『ハグくらいはいっか』って許してただろ」

「あ……ハグくらいは、ってちょっと思った……」

「拉致られて告られてそれでハグされたら、キスくらいされそうとか考えませんかね。隙ありすぎだろ」

清光の目が据わっている。ごもっともな指摘に、侑志は沈黙した。

「俺のこと特別なんだよな？　特別だったら特別な人にだけ特別な行為を許すもんじゃないの？　少なくとも俺はそう思ってる。だから俺は侑志としか抱きあいたくない」

きっぱりと言いきられ、侑志は胸をざわめかせてうなずいた。たしかに最後の最後でレオに対してどう対応すればいいのか戸惑って半端な態度だったし、「うん、そうだな、ごめん」と詫《わ》びる。とはいえ、なんだか釈然としない。だって、あんなふうに独占欲を剝《む》き出しにされるような覚えはないし、浮気現場を押さえられたかのように詫びる必要があるだろうか。

するとと清光がほっとほほえんだ。

「よかった。出るタイミングどうしようかなって迷ってたんだ」

清光はいつから、侑志とレオの会話を聞いていたのだろうか。

――レオくんに「どさくさのハグなんて許さない」とか、「侑志としか抱きあいたくない」とか……清光が言ったよな……？

今起こったことに驚きすぎて、清光に何を言われたのか、うまく頭を整理できない。

ぽつぽつと雨が降り始める。侑志は建物の陰から顔を出した。どんよりした雲が垂れて、いつ本降りになってもおかしくなさそうな空模様だ。

今走ればあまり濡《ぬ》れずに帰れそうなのに、足が動かない。

とうとうどしゃ降りになった頃、清光が侑志の手を取り、屋内に向かって歩き出した。

「え……清光、どこ行くんだよ」

清光は問いかけにろくに答えることなく進む。侑志も仕方なく彼について歩いた。

クラブハウスの裏口から向かったのは、ロッカールームだ。

「清光、勝手に」

「だいじょうぶ。さっきうちのチームが使ってたとこだから。あとしばらくは誰も入ってこない」

「だからって」

戸惑う侑志にはおかまいなしで、清光はロッカーのひとつに腰掛け、その隣を指して「侑志」と呼んだ。

高校時代、侑志はマネージャーだったから、大きな試合会場のロッカールームで、清光と並んでロッカーを使うことは一度もなかった。

清光と並んでロッカーに腰掛ける——それが今になってできるなんて、不思議なものだ。

「俺も侑志も、サッカー現役じゃないけどな」

「いいね、こっち側からの景色も」

負け試合のあと、勝利のあと。懐かしい場面を思い出す。いつも侑志はこの反対側から、ロッカーの前に並ぶ華やかなレギュラー部員を見ていた。

「俺、高校時代も清光のことしか見てなかった」

「さっきレオに『小学生の頃からずっと特別だった』って言ってたけど、あれどういうこと？」

「そこから聞いてたのかよ……」

「いや、最初から聞いてた。レオが侑志を拉致るのが見えて、お偉いさん方を蹴散らして慌てて走ってきた。それで、あのさ……」

清光があらたまった顔でこちらへ身体ごと向いたので、侑志もそうした。

「レオが侑志に『つきあってみることできませんか？』って言うのを聞いて、俺が言ったのと同じだなって……。それで、俺、やっと、自分のまちがいに気付いたんだ。俺は、レオと同じこと言っちゃだめだって」

「……まちがい？」

清光が何を話すのか予測ができなくて、訳も分からず不安になる。

「侑志に遠恋の彼氏はいないって分かって、それで『つきあってみよう』っていうのがなんでだめなのか、侑志が怒る本当の意味が俺は分かってなかった。侑志にしばらく会わないって言われて、焦って、ただつなぎとめることしか考えてなくて。ずっと俺を好きでいてくれた侑志に、俺はもっと誠実じゃないといけなかったんだ。あのとき……本当にごめん」

レオだと平気なのに、清光に言われたときは悲しかった。

侑志は「はぁ」とため息をついた。

「ずっと好きだった……うん、ずっと好きだったよ。清光は知らないだろうけど……」

今まで隠していたこと、清光にまだ伝えていないことがたくさんある。

「清光にキモがられると思って、ちゃんと話してなかったね。清光のことは、はじめて見た小三のときからずっと特別だったんだ。好きって気付いたのは高校一年のとき。でもその前から、『東京エクスドリーム』にいた頃もずっと清光のこと目で追ってた」

小中学校時代に清光が所属していたクラブチーム名が出てきて、清光は「え……そんな前から？」と驚いている。

「だって、小三の頃から清光はすごく目立ってたからさ。で、中学二年のときには高校のスカウトが来てただろ？　その噂《うわさ》を聞きつけて『俺も清光とおんなじ高校行こう！』って」

「ええっ？」

「清光を追いかけようって思ったきっかけは、中二の前期リーグのとき。清光は覚えてないよね。けっこう雨が降った日で、俺がひとりで団旗の片付けやってたら手伝ってくれて……」

ケガをして、サッカー部内での立ち位置に悩みながらも自分がやれることをがんばろうとしていた頃に、清光の言葉に勇気づけられた。侑志の事情を知るはずはないから、励ますという意図はなかったのだろうけど、清光がいるチームに行きたいと思ったきっかけだった。

ほんの一分足らずの出来事について話すと、清光は申し訳なさそうにする。

「ご、ごめん……覚えてない……」

「清光はああいうことさらっとするタイプだから、普段から普通にやってたんだよ。見てたから知ってる」

雨の中、あれが侑志でなくても、清光はさっと手伝ってくれたはずだ。清光のそういうところも好きだから、忘れていてもかまわない。

「同じ高校に行きたくて猛烈に勉強した。だって偏差値がだいぶ上で、俺は受験しないと入れないからさ。清光の近くでプレーを見たかったし、友だちになりたくて、その一心で」

「……俺の想像の遥《はる》か上を行ってる……」

清光に好きと告白するよりずっと前から好きだった。清光が行く高校に進路を定め、そうまでして追いかけてきた事実を知って、清光は驚きつつもうれしそうだ。

清光の想像を遥かに超えるくらいに、侑志は清光をずっと好きだった。

それをどう伝えたらいいか少し考えて、想いを素直に言葉にしようと決めた。

「……清光のこと、吐きそうなくらい好きなんだ」

清光からすると想定外の表現だったらしく、「吐きっ……それどういう状況？」と半笑いだ。

「興奮しすぎて、訳分かんなくなって、心臓ばくばくで、なんかもう、胃がひっくり返ったみたいに全身が狂喜乱舞して、おえーってなる……くらいに好き」

「よ、喜びにくい……」

でもそれが、自分の身に起こった事実だった。侑志にとっては、恋に対するありのままの、いわば歓喜の反応だ。

「春の『マローンSC』の交歓会で再会したときも、やっぱり好きすぎて、吐きそうだった。俺の身体中の細胞ぜんぶが歓んで、ばーんって爆発するかんじ」

「好きの表現がやばすぎない？」

「だから、やばいくらい好きなんだってば。ほんとに……ほんとに清光が好きなんだ」

今度はシンプルな侑志の告白に、清光は最初面食らったような顔をした。それから「告白に緩急ありすぎ」と、歓びがじんわりと染み込んでいくように頬をゆるませている。

「……うれしい。侑志に好きって言ってもらえて。だって俺も好きだからだ。好きだから、もう二度と離れたくないし、侑志を誰かに取られるかもなんて考えただけで吐きそうになる。他のやつとハグも許せないし、指一本でもさわらせたくない。あ、仕事はやむを得ないので」

侑志の職種を考慮して最後に慌ててつけ加える生真面目さが清光らしい。

清光が強さとやさしさが滲《にじ》むまなざしで見つめ、侑志の手を取った。

「卒業間際の侑志からの告白を『俺たち友だちだよな』って受け入れなかったときから、『それでいいのか？』『でも、じゃあどうしたらいいんだろ』って堂々巡りの自問自答してた。八年の間にいくつか出会いもあったけど、その相手のことじゃなくて侑志のことを考える……。そんなとき拓海から聞いたんだ。侑志なら今『徳永整形外科医院』で働いてるぞ、って」

「……ん？　えっ？」

初耳の情報をいきなり投下され、侑志は瞠目《どうもく》した。

「去年、高校サッカー部のOB会のときに。侑志の連絡先を誰か知らないかってOB会のたびに俺が訊き回ってたんだけど、一時帰国で出席してた拓海がこっそりおしえてくれた」

「えっ、た、拓海が、清光に話してたってことっ？」

口止めしていたはずだが、拓海はじつは清光に話していたらしい。

侑志が言葉を失っていると、清光が慌てて「誤解しないで」とフォローを始めた。

「拓海は、俺の気持ちも、俺より先に気付いてたんだ。でもあいつ、侑志の携帯番号はぜったいおしえてくれなかった。侑志が専学の頃、インターン先に拓海がたまたま行っただけだっていうのも、そのとき聞いて」

まさか拓海経由で筒抜けだったとは。

ということは、『マローンSC』で再会したときには、侑志が担当の理学療法士として交歓会に来ることも知っていたのだろうか。

「……じゃあ、『マローンSC』の専属の話をうちの病院に持ってきたのって……」

徳永院長と『MHL』の専務が知り合いで、清光が病院との専属契約を熱望したと聞いているが、侑志がいることを知っていて、こうなるように清光が根回ししたのだろうか。

「うちの専務と徳永先生が知り合いだって知って、『選手と年齢が近い方がいれば』ってお願いすれば、先生ならサッカー経験者の侑志を抜擢《ばってき》するんじゃないかって期待を込めて動いた。まぁ、俺の思惑通りにならなくても病院へ行く口実はできるから」

「……そんな算段してたなんて……」

清光が外堀から埋めるように動いたのは、侑志が連絡を全断ちして避けていたせいだ。

にんまり笑う清光に、侑志は歓びより先に驚きで唖然《あぜん》としてしまう。

「だから俺の執着っぷりもたいがいじゃない？」

清光は悪びれない様子で、侑志もついに破顔した。

「……交歓会に俺が来ることも分かってたから……あのいちごチョコ持ってたのか。でも俺も、あの会場に清光がいるっていうのは分かってたよ」

「やっぱりそうだった。侑志が俺個人のＳＮＳを探して見てくれるんじゃないかと思ってたんだ。だからいろいろ画像をあげたり、まめにツイートしてたわけだし」

本名で検索したフェイスブックからツイッターと『マローンＳＣ』の公式インスタにも飛んだのだから、清光が張り巡らせた網に、侑志はまんまと引っかかっていたわけだ。

「拓海は、侑志の気持ちも俺の想いもどっちも知って……つなげてくれたんだと思う」

侑志と清光の両方が、本当は互いに求め合っていたから。

拓海は侑志の気持ちも清光の想いも分かった上で、お節介で焚《た》きつけたりせず、ふたりそれぞれが自分の意志で動き出すように仕向けてくれたのだろう。

「それなのに急に拓海が『侑志とつきあってる』って言い出して、もう俺『はぁ？』だよ。あれは心底焦った。焦りすぎた末の『つきあってみよう』発言で……いい年して高校の頃から進歩してないかんじなの、ほんともう、すみません」

つまりあの居酒屋でのひと悶着《もんちゃく》のときは、清光は『拓海との遠距離恋愛』との嘘《うそ》を信じて、リアルに驚いていたということだ。

侑志はつながった手を見下ろし、「恋を自覚するのにも時間かかって」と苦笑する。

「俺が、侑志のこと好きだって決定的に分かったときの話、していい？」

なんだかまだ信じられない心地だ。ふわふわした気分で、侑志はこくりとうなずいた。

「高校のときからずっと俺にとって侑志は特別な、一生大切にしたい友だちで……それなのに

『クライム』の復活ライブのあと、『侑志ともっとくっついていたいな』『なんとかくっつけないかな』ってそんなことばっかり考えてたんだ。ぎゅうって抱きあいたいなって」

たしかに、ライブのあとはいつもと雰囲気が違っていた。それは侑志も感じていたが。

「やたらくっついてくるから、なんなんだろって思ってた……」

「うん……だからちょっと本気で『目の前のホテル入っちゃえばできるな』って考えた。でもそれも、あのいちゃいちゃカップルに触発されて変なスイッチ入ったのかもって思ったり」

「……つまりあの辺りまでは無自覚だったわけだ」

侑志の確認に清光は首肯し、ここからが話の本番とばかりにぐっとこちらに身体を近付けた。

「そう。それで決定的だったのが、この間ふたりで行った鎌倉の帰り。電車の中で。侑志の耳のほくろのこと話しただろ？」

「右耳の、裏側の？」

「うん。その侑志の耳をいじったりしてるうちに、なんか……その、あぁ……ちょっと引かないでほしいんだけど」

清光は目を泳がせて、言いにくそうにしている。侑志も何を言われるのかとどきどきした。

「なんだよ」

「その……侑志の耳をさわってるうちに、舐《な》めたいっていうか、しゃぶりたくなって、ちんこにズキーンってきたわけですよ……あ、あぁ、ほんとに、ほんとにごめんなさいっ」

清光は侑志の手ごと、「恥ずかしいです」と顔を覆っている。清光の恥ずかしがり方がかわいくて、侑志はたまらず、ぶはっと笑った。

「だから東京駅で、俺はもっと一緒にいたかったのに、侑志に帰れって言われて、とぼとぼ帰って」

「帰れとは言ってない」

「帰ってから、それはもう死ぬほどいやらしい妄想の限りを尽くしまして。だってさ、侑志の耳がとんでもなくえろいものに見えたんだ。やわらかな耳朶《じだ》を指でさわったら、胸をぐっと摑まれたっていうか……捩《ねじ》れて、きゅんとした」

しかし、その話を聞いてしまったら、自分も白状しないといけなくなる。

侑志も当時の高揚感や目に焼きついた光景をきのうのことのように思い出し、それだけで心がざわざわとした。

「俺なんか……高校のとき……満員電車の中で清光の耳を見てえっちな気分になったことあった。そのときに、そういう意味で清光を好きなんだって自覚したんだ」

「なんだそれ。おまえブッハーって笑ったけど俺と同じだろ」

「……うん」

「俺たちどこまで仲良しなんだよ」

妙なところで一致する、そんな運命的な偶然までもが楽しくて、うれしい。

顔を見合わせて、ふたりとも笑った。

「ずっと友だちだったから、友だちとして好きだと思ってた。高校の頃は、男同士だから侑志とは『友だち』ってかたちでしか一緒にいられないんだって思い込んでたけど、キスして、少しもいやじゃなくて、どきどきして、今考えれば、もうそれは恋だったんじゃないかな」

あのたった一回のキスを、清光はただ後悔しているにちがいないと侑志は思っていたが。

「そう……なんだ……清光、あのとき、どきどきしてたんだ?」

「うん。俺の頭が脳筋でなければ……もっと違う青春時代を送れてたかもな」

あの頃は、こんなふうに顔を寄せ合って思い出話ができるなんて、考えもしなかった。

「今でも侑志は俺にとって大事な友だちで、好きな人だ。鎌倉で遊んだときも、やりたいこと、行きたいところ、特別なことも特別じゃない日常もぜんぶ、侑志と共有したいって思った」

あのささやかな時間のうちに、清光がそんなふうに想ってくれていたならうれしい。

侑志はしあわせすぎて、彼の言葉にただうなずくことしかできない。

「侑志は俺がいちばんつらいときに、傍にいてくれたよな。これから先、がんばってるときもがんばれないときも、一緒にいてほしい。侑志がピンチのとき、チャンスのとき、べつになんでもないときも、俺は侑志の傍にいるから」

侑志はツボに入って、「べつになんでもないときも?」とくすくす笑った。

「笑うなよ。そこが案外だいじだと思うぞ?」

たしかにそうかもしれない。人生は山や谷ばかりじゃなくて、多くは平坦《へいたん》な道のような気がする。

清光がいとおしいものにそうするように、侑志の頬をなでてくれる。たったそれだけで、彼のやさしい指がふれたところがぐずぐずにとろけてしまいそうだ。

「侑志も、一生俺だけにして」

「……っ……」

甘いお願いに、答えが声にならず、侑志はたまらず清光の肩口に顔を埋めてうなずいた。

清光はそれに熱い抱擁で応えてくれる。だから侑志も清光の背中に腕を回した。お互いの腕に力を籠め、可能な限りに身体をくっつけると、目眩《めまい》がするくらいの多幸感で頭が真っ白になった。

「侑志が……好きだ」

清光の声はふいにこぼれるため息のようで、侑志の耳に心地よく響く。

「俺も清光が好き」

好きという想いに相手も応えてくれて、隠したりごまかしたりせずまっすぐに伝えられるしあわせを、侑志はまぶたを閉じて噛みしめた。

歓びで胸が震える。じんとする。その心地よい痺《しび》れを共有するように、ふたりは抱きあった。

たっぷり浸った頃、清光の腕がゆるんだので、侑志も少しだけ身体を離した。

見つめあうのもなんだかくすぐったくて、清光の顔を直視できない。

鼻先がくっつきそうな距離で、清光が小さく「ユウ」と呼ぶ。

「俺たち友だちだったけど……俺は侑志の恋人になりたい」

唐突に、分かった気がした。清光がそう呼ぶのは、ふたりの距離を縮めたいときなのではないだろうか。

「侑志は？　なってくれる？」

やさしくて甘い呼び方に、また胸がきゅっと窄《すぼ》まる心地だ。眸《ひとみ》が濡れていく。侑志はやっぱりうなずくことしかできなくて、泣き笑いの頬を清光が宥《なだ》めてくれる。

「……夢みたいだ。清光をずっと好きでよかった」

「ありがとう。俺のことずっと大事に想ってくれて。俺も大切にする」

ひたいと鼻先とを清光がこすりつけてきて、侑志は口元をほころばせた。

「……キスしよう」

清光に誘われて、頬から耳まで燃えるように熱くなる。

友だちでもあるけれど、大好きな人。お互いがそれを分かり合えた、その最初の一歩。

くちびるが軽くふれあったあと、確認するように見つめられる。すぐにまた重なって、何度もついばまれた。

薄い皮膚がこすれ合う。くちびるを羽でくすぐられているような感覚だ。うなじや蟀谷《こめかみ》、耳殻を指でそっと愛撫《あいぶ》されるのも、眠くなってしまいそうなくらいに気持ちいい。このままずっと、こんなふうにキスしていたい。

「……しあわせ……」

合わせたくちびるの隙間からこぼれるようにつぶやいたのは清光だ。侑志もそれに「うん」と喉の奥で応えた。

ふれるだけのキスから、相手の粘膜を感じるものに変わる。上唇、下唇と食《は》まれ、そっと吸われたとき、下肢がじんと熱くなった。ものを深く考えきれず、油断していたために鼻腔《びこう》から声が漏れる。

「ん……き……清光……」

「……ん?」

頭の中身がとけてしまいそうなくらいに気持ちいいキスからなんとか逃れて、侑志は清光の肩口に顔を埋めた。抱きとめられて、ほっと安心する。

すると今度は耳殻を舐められ、侑志は身を竦《すく》めた。清光の舌が、ぞろりと耳の裏側を這《は》う。

「きっ……あ……」

小さく喘《あえ》いでしまったのが恥ずかしい。侑志は口元を押さえて、もう片方の手でぎゅっと清光にしがみついた。

清光はさっき話していたように、侑志からは見えない位置にあるほくろを舐めている。舌の

動きがだんだん大胆になってきて、ついに口に含まれ、ゆるくしゃぶられた。

「……っ、はぁっ……」

気持ちよすぎて声が漏れてしまう。

耳の奥で、くちゅっと、響くリップ音にも煽られる。

「き、清光、……だめ、むり」

抵抗の意味なんて伝わらないくらいの弱さで、清光の胸を押し返した。

「ここ……ロッカールームだから……」

「……うん……ちょっと、落ち着くまで待って」

清光の声も興奮で掠《かす》れていて、侑志の背中をよしよしとなでながら抱きしめてくれる。

甘いしあわせに身体が耽溺《たんでき》してしまってふたりとも動けない。

「……俺んちに来る?」

侑志は清光に身をあずけたまま、うっとりとした気分で「うん」とうなずいた。


試合会場のロッカールームから移動するときに少し雨に濡れてしまったけれど、清光の部屋に着いた頃にはそれも気にならないくらいに乾いていた。途中雨がやみ、駒沢《こまざわ》からここまで一時間以上かかったからだ。

「ちょっと濡れたし、寒くない？」

清光の問いかけに侑志が「だいじょうぶ」と答えると、パーティションで仕切られた先にあるベッドに誘われた。

清光の部屋には何度も来たものの、侑志が泊まったことはない。

ふたりでベッドに腰掛け、見つめあったら、やっぱりちょっとてれくさくなって、どちらも笑ってしまった。

「侑志のことぜんぶさわりたい」

「……うん……俺も、清光のぜんぶにさわりたい。清光にさわってほしい」

清光の手を取って、上衣のカットソーの裾から招き入れる。

最初遠慮がちに指先で素肌にふれられて、侑志は目を瞑《つむ》った。清光の指が肌にそっとのっただけでまぶたが、背筋が、震える。

「……っ……」

まだ指でふれられているだけだ。それなのに息が弾み、身体が大げさに揺れる。

ベッドに横たわり、くちづけあいながら互いをさわりあった。

「さわってるだけで、頭の中が焼き切れそう……清光の身体にはこれまでだって何度もふれてるのに……」

介助や医療行為との意識があったのも大きいけれど、清光にふれている自分の指も、手のひらさえも、気持ちいい。

「ぜんぶさわりたいんじゃなかった？　そんなんでいいんだ？」

彼も侑志にさわられることを望んでくれている。そんな反応のすべてがうれしい。

清光も勝手にさわってくる。彼の指がどこを這うのか予測できないせいか、普段ならなんということもなさそうな前腕でさえ性感を覚えて、侑志は戸惑った。

「侑志、どこさわってても感じてるみたい」

だいじょうぶかと問われるが、お察しのとおりだいじょうぶではない。

「さ、さわられるのは、慣れてないから」

しかも自分の身体を愛撫しているのは清光だ。清光が愛してくれてるんだと思うと、またいっそう昂《たかぶ》ってくる。

清光は手で、くちびるで、さらに鼻先まで使って侑志にふれてくるので、小さな爆発が身体の四方八方で同時に起こっているような状態だ。

「あ、頭……パニックになる」

「侑志、キス」

やさしく誘われて甘えたい気分が膨らんだけれど、侑志を見つめる清光の眸はぎらりとするほど熱い欲望を孕《はら》んでいて、それに気付いたら腹の底がかあっと熱くなった。

「き、清光」

両腕で掻《か》き抱かれながらかわすキスが気持ちいい。求められるのがうれしい。

くちびるをしゃぶられ舌を吸われて、とろんとした心地の中、清光が大きく手を動かし始める。彼に尻臀《しりこぶた》を揉《も》みしだかれたはずみで、清光と股間がこすれあった。

「あっ……き、清光」

「はぁっ……っ……侑志のも、硬い」

布越しにこすれあうのが気持ちよくて、侑志は腰を清光のほうへ押しつけた。清光も腰を前に突き出すように下から押し上げてくる。

「あっ……ふっ……」

くちびるを合わせていても、声がこぼれる。

「侑志の肌と……もっとぴったりくっつけたい」

ロッカールームで話したときも、清光はそうしたかったのだと言っていた。

清光に「脱いで」とお願いされ、侑志はくっつくのに邪魔になる上衣と、それから思いきって下衣も脱ぎ捨てた。清光も大胆に脱いで、ベッドの下に衣服を投げ捨てる。

手を取りあい、横臥《おうが》で思う存分に抱きあって、目があったらくちづけた。

裸の肌を合わせ、ぎゅっと抱きしめると、互いの身体がつながって境目が溶けあうような不思議な感覚になる。

「くっついてるだけで気持ちいいな」

「うん……すごく気持ちいい。ずっとこうしてたい……」

ふたりは頬をすり寄せたり、くちびるで食んだり、グルーミングをする動物みたいに互いを愛撫した。

そういう行為の中でも耳をしゃぶられ、耳孔に舌を突っ込まれるのはひどく性的で、下肢にずきんとくるほど感じてしまう。清光は柔らかな耳朶を吸ったり、耳殻のへりに舌を這わせたりして、楽しそうに喉の奥で笑った。

「こういうことしたかったんだ」

鎌倉からの帰りの電車の中でのことを言っているらしい。

散々煽られて、身体がどんどん昂っていく。

「き、よみつ……」

たまらなくなった頃、清光が侑志の硬く勃起しているペニスを包み込むように掴んだ。その先端は溢れ出た蜜で、すでにしっとりと濡れている。

「あ……」

侑志は自分の下肢に目をやった。清光の大きな手に包まれた侑志のペニスは、その先端からよだれのような淫蜜を滴らせている。

彼の手淫に臀部《でんぶ》が震えるほど感じて、ぞくぞくがとまらない。

「なん、か……すごいっ……」

「侑志の、いやらしい色になってきた……気持ちいい？」

手筒でこすり上げられると、先端が濡れ、どんどん充血していくのが分かる。

「あっ、んっ……んっ……」

奥歯を噛んで声を殺そうとがんばっているのに、くちづけられてそれもかなわない。

「……やっ……清光……もうっ……」

「がちがちだ。出そう？」

侑志は清光の胸に顔を埋めてこくこくとうなずいた。

抱きしめられて扱《しご》かれ、耳に「出して」と囁《ささや》かれる。

ペニスをこすり立てられる気持ちよさに夢中になり、短く声を上げながら侑志は果てた。

「……あっ……はぁっ……はぁ……ぁ……ん……」

くたっとシーツに頬をつけて脱力していると、清光が頬やまぶたにキスをくれる。

「やーばい。楽しい」

「……楽しい……？」

「侑志を俺がイかせたんの。侑志の気持ちよさそうな顔も声も、俺がそうさせてると思ったら、滾《たぎ》る」

侑志はちらりと清光の下肢に目をやった。

「ごめん、気持ちよくて……頭いっぱいだった。俺も清光をイかせたい」

「侑志もしてくれる？」

返事より先に手で清光のペニスにふれる。

「清光の……これ、俺の口にぜんぶ入るかな。舐めてもいい？」

侑志がうっとりと問うと、清光は恥ずかしそうに笑ってうなずいた。

清光の先端も透明の蜜で濡れている。言葉で確認しなくても、彼が自分との行為を悦《よろこ》んでいる証《あかし》だ。清光の身体のその一部がひどくいとおしいものに見える。

侑志は彼の硬茎を丁寧に舐め、啜《すす》ったり、ゆるくしゃぶったりした。

ゆったりと頭を上下に動かし続けるうちに、浅い呼吸をしていた清光が「はぁっ……」と大きく喘いだ。彼を啼《な》かせた侑志はうれしくなる。

少しスピードを上げて陰嚢《いんのう》を揉みながら口淫すると、清光が腰を揺らし始めた。

「ゆ……侑志……あ……ぁ、それ、やばいっ……」

清光の興奮した息遣いに、侑志も煽られる。清光は「気持ちいっ……」と呻《うめ》いて、侑志の髪をくしゃくしゃとなでてくる。清光の指で頭皮をくすぐられるのもいい。

「く、口にっ……出していいの？」

問いかけられて、侑志は彼の手に手を重ねて応えた。口の中に出していいから、髪をなでていてほしい。

やさしく清光が侑志の耳朶を揉んで、腰を使ってくる。

「ユウ、あぁ、イくっ……んっ……！」

窄めた口で、舌で、彼の熱が膨張し、破裂するのが伝わる。

喉の奥で清光を受けとめて、侑志は彼の精液を嚥下《えんげ》した。

気が遠くなりそうな高揚感だ。頭の芯が痺れる。侑志は茫然《ほうぜん》としながら、果てた彼のペニスを放した。

「わ……ごめん、侑志、え？　飲んだっ？　まじかよ」

「……だって、清光……喉の奥で出すから……」

「ごめんごめんっ、気持ちよすぎて！」

よしよしと頭をなでられ、「待ってろ、水持ってきてやるから」と清光が大慌てでキッチンへ飛んで行く。

清光のその慌てようがおかしくて、侑志はベッドに寝そべったまま笑った。

走って戻ってきた清光からペットボトルを「はい！」と体育会系のノリで渡される。侑志は身を起こし、笑いながらそれを受け取った。

「ありがとう」

「飲んで、飲んで」

「だいじょうぶだよ。ちょっと喉がじりじりするだけ」

ほっとひと息つくと、清光がてれくさそうにする。

「えーっと、あのぅ、出した直後に言うのもあれなんですけど……もう一回したいです」

「うん」

「もちろん今度は俺が口で」

侑志が笑って「うん」とうなずくと、清光は「ああ……」と呻いてベッドに倒れた。

「やっばい……脳みそとけるかと思った……気持ちよすぎた……侑志が俺のをしゃぶってるところなんてもう……」

清光は横向きに倒れて悶《もだ》えている。

「そこまで歓ばれるとやりがいあるな」

侑志も寝転び、清光に向かってほほえんだ。

「あ……あのさ、俺……昔から、清光に抱かれる妄想ばっかりしてたんだ」

「うん……」

「清光は……どう思ってんだろ……。うしろ使って、えっちすること」

遠慮がちに訊いた侑志に対して、清光は「そりゃあ、したいよ」と即答した。

「……ほんと?」

「したい。くっつける限界のところまで、侑志とつながりたい」

たしかに「くっつきたい」と清光は言っていたけれど、それとは次元が違う問題のような気がしていたのだ。想いを通わせあえただけでも奇跡で、こういうことができる関係になれて、今これ以上を望むのは酷かなと彼を想うあまりに遠慮の気持ちがあったのだが、そんなふうに清光に求めてもらえるのはとてもうれしい。

再び、今度は互いを口淫し、間に合わせのオイルを使ってうしろを慣らそうと試みた。でも思うのと実際やるのとは別問題で、指を挿《い》れるのがやっとという状態だ。

「動画ではすいすいやってたのに」

侑志もそのテの動画を見たことはあるが、必要性もなくて自分でうしろを弄った経験はない。拡げるのに時間がかかるのは知っていたが、もう少し簡単なものだと思っていた。痛みしかなくて、侑志は顔を歪めた。せっかく想いが通じ合ったのに、全身でそれを感じられないのが切ない。

「清光としたいのに」

清光も逸《はや》る気持ちをなんとか抑えてゆっくり丁寧に進めてくれているものの、動画みたいにはいかないし、想像どおりにはならなかった。

「うん……俺もしたいよ。でも今日は侑志が気持ちいいことだけやろう？　抱きあってさわりあうだけで、俺はしあわせだし、俺も気持ちいいから」

清光が侑志のペニスをよしよしとなでてくるから、ちょっと笑ってしまった。

「今日……いきなりだったから。そういうローションとかジェルとかあったほうがいいし」

清光にそう言って宥《なだ》められ、手筒でゆるゆるとピストンされて、侑志は鼻を鳴らした。つながれないのは悲しいけれど、清光がしてくれる愛撫は気持ちいい。

「友だちから恋人になるのに、今までかかったんだぞ。侑志とぜんぶしたいけど、それより死ぬほど気持ちよくしてやりたいし、大事にしたい。慣れるまでは焦らないで、ゆっくり行こう」

互いのペニスを重ね、腰を押しつけてこすり合うと、セックスしているような気分になれる。思い遣ってくれる清光の言葉と、本当はぜんぶつながりたいと欲してくれていることがうれしくて、侑志は愛される歓びを噛みしめた。

□　7　□

十二月上旬、『マローンSC』の1部リーグ昇格が確定した。

二年連続でリーグ1部昇格の一歩手前で敗退していたが、満を持して摑《つか》んだ栄光だ。

表彰式で授与された表彰状と優勝トロフィーをステージ正面に配し、『マローンSC』本拠地である『MHL記念ホール』で1部昇格の祝賀会が催された。

監督、コーチ、キャプテンをはじめ、キーパー、フィールドの選手が誇らしい顔で横一列に並んでいる。

「1部リーグ参戦で、2部リーグ以上にますます厳しい闘いが待っています。振り落とされることなく、次の一年間は1部での上位入賞を目指し、メンバー一同がんばりますので応援よろしくお願いします！」

大きな拍手と「2部優勝、1部昇格おめでとう！」「次節もがんばれよ！」の声が飛ぶ。

祝杯をあげて、2部リーグを闘ってきた選手たちを、経営陣、運営陣、会社の社員、選手の家族や関係者、みんなで労《ねぎら》った。

侑志《ゆうし》も専属の理学療法士として選手たちに拍手をおくる。

清光《きよみつ》は今日もお世話係《ホペイロ》として走り回り、忙しそうだ。

「宮坂《みやさか》さん」

呼ばれて振り向くと、立っていたのはレオだった。

「お、2部の最優秀選手賞、おめでとう」

「ありがとうございます。宮坂さんのおかげだよ。ケガから復帰して、そのあとはおかげさまでなんの問題もなく走れてます」

てれた笑みを浮かべ、レオはそんなふうに返した。

「よかった。疲労をためないで、身体《からだ》のちょっとした不調を無視せずに、次に備えてね」

「そういえば、控えのキーパーが今日の練習で『なんか脹《ふく》ら脛《はぎ》が張る』って言ってたから、声かけてやってください。あの人『ま、いっか』ってなりがちだから」

「そっか。分かった。ありがと」

レオは自分のことばかりじゃなく周りに気を配り、この半年ほどで人間的にもプレーヤーとしてもぐっと成長したように感じる。若い選手だけど、ケガを経験し、リーグ昇格の要として活躍していることで、自信もついたのかもしれない。

レオがあらたまった顔で「宮坂さん……」と話し始めた。

「俺……プロになれなくて、『JFL』の入団テスト《セレクション》もうまくいかなくて落ちて、それで『マローンSC』に来たんだよね。リーグ昇格できずに悔しい思いもしてたし、ケガするし、俺の人生こんなもんかーなんて、ほんとはちょっと腐る気持ちもあったんだけど……宮坂さんのおかげです。俺の面倒くさい夜中のLINEにも、親身になって相談にのってくれたから」

「いや……そんなたいしたもんじゃ」

「宮坂さんのその理学療法士としての姿勢の向こうに、大事な人との経験があったからなんだろうな、俺はそれに救われたんだなって……なんか、分かった」

清光とのことを暗に含む言葉に、侑志はてれくさくなって、はにかんだ。

「これからも、よろしくお願いします」

レオの明るいあいさつに、侑志も「こちらこそ、よろしくね」とうなずいた。

「清光さんから、あのウザい自慢LINEが来なくなったけど、宮坂さんとしあわせそうなのは見たら分かる」

侑志はなんとも答えようがなくて苦笑いするしかない。

「あんまり宮坂さんにくっついてたら、清光さんが飛んできそうだから」

「はい。もう飛んできてます」

レオの背後から、清光がぬっと顔を出す。それをレオが横目で見て「ウゼ～」と笑った。

「ほら、レオ、スポンサーの役員さんたちにあいさつしておいたほうがいいぞ」

「あー、新しいジャージが欲しいっすもんね」

「よし、行こうか」

清光とレオが「じゃあ、ちょっと行ってくる」とお偉方のかたまりの方へ向かう。

「宮坂さん、おかわりはいかがですか？　スパークリング、赤、白でよければ、こちらからど

うぞ」

侑志に声をかけたのは月子だ。

「あ、ありがとう。じゃあスパークリングをいただこうかな」

持っていたグラスと交換してもらうと、にこにこ〜っとされた。

「え？　何？」

「弊社の商品、定期ご購入いただいているそうで、ありがとうございます」

「あ、ああ、サプリね。あと、相原さんが紹介してくれたジェルクリームも使ってるよ。さっ

ぱりしすぎずに、べたべたもしないし、ちょうどいいかんじが気に入ってて」

「ほんとですか！　うれしいな。清光さん経由でもいいですけど、お近くにお越しの際は銀座

店にもお立ち寄りくださいね」

「あ……はは……はい」

「なぁんだ。潤ってるのは、アスタキサンチンとAC‐11の効果もあったわけですね」

「えっ？『も』？」

「うふふ〜、失礼しましたぁ」

なんだか今日に限って、みんなにからかわれている気がする。

そのあとは、監督やコーチ、選手たちとも祝いの酒を酌み交わした。

——あんまり飲み過ぎないようにしなきゃ。

この祝賀会が終わったら、清光の部屋へ行く約束だから。

——今日は……清光と最後までできそうな気がする。あした休みだし、ここに来る前にちゃんと準備してきたし。

じつはまだ、ふたりは身体をつなげたことがない。

なぜ半年近くかかってまだなのかというと、侑志が九月から二カ月間、プロサッカー選手の専属理学療法士として大阪東京《おおさかとうきょう》間を何度も往復しなければならず、超ハードスケジュールが続いたためだ。

——清光とセックスするために時間かけて身体を慣らしてたのに、あの二カ月でリセットされちゃったからなぁ……。清光もなんだかんだで忙しかったし……。

清光は清光で、広島《ひろしま》や福岡《ふくおか》の新店舗の応援に呼ばれたりなど、すれ違いも重なっていた。

そういう互いの忙しさが最近やっと落ち着き、このごろは指で弄《いじ》られるのに慣れて、うしろで感じるようになってきたのだ。

今日しましょうね、と約束したわけじゃないけれど、なんとなく清光も分かっていると思う。

——サッカーのほうもしばらく公式戦がなくて、1部リーグ昇格の祝賀会も終われば、気持ち的にも落ち着くし……。

もしかしてこの祝賀会の会場の中で、自分がいちばんそわそわして浮かれている人間かもしれない――侑志はそんなことを思いながら、にんまりしてしまいそうになる口元をグラスで隠していたのだった。


清光と、友だちで、恋人になって、それで何か大きく変わることはなくて、驚くほどに高校時代から会話のレベルにも変化がない。

「清光ー、俺が買っといたチーズのやつ……食ったろ」

クリームチーズスプレッドを付属のクラッカースティックでディップして食べる、おやつなんだかおつまみなんだかよく分からないアレだ。勝手知ったるで冷蔵庫を開けて目当てのものが見つからない場合、疑わしいのはこの部屋の主である清光しかいない。

「……あ、昨晩遅くに小腹がすきまして。あれうまいよな」

「なんでだよ。今日食べようと思ってたのに」

「ごめんごめん、買っとくって」

うしろからハグされて、むうっと歪《ゆが》めたくちびるになぐさめのキスをされる。

「祝賀会のあとに、まだ飲み食いするの?」

清光が侑志の腰周りに腕を巻きつけて放さない。

「……ないなら、もういいかな」

「じゃあ、ベッド行こうよ」

あからさまに誘われて、侑志が横目で見ると、清光はにっと笑った。

冷蔵庫からペットボトルを一本取り、手をつないでベッドへ移動する。

清光から「つきあってみよう」と最初に言われたときは、ふたりの関係が秒で終わってしまうと思っていたけれど、実際につきあい始めて今日までを振り返れば、そんな心配は露ほどもなかった。

部屋の照明は消して、ベッドサイドに置いたフットランプだけにする。あえてテレビはつけっぱなし。ベッド脇にある箱には、ジェルやウエットティッシュなどが入っていて、それを清光が引き寄せた。

「今日……できると思う」

それだけ言えば伝わったようで、侑志とつないでいた手に清光がぎゅっと力をこめる。

「俺たちってさ、なんでも時間かかっちゃうけど、その分感激も大きいよな」

いいように解釈する清光に、侑志も笑って「そうだな」とうなずいた。

「小三で出会ってるのに、友だちになるまでに七年かかって、再会するまでに八年かかって、でもつきあうまでは三カ月……意外とそんなにかかってないよな」

「とはいえ、それだってべつに短いわけでもないけどな」

「時間かかるのがデフォってことで」

「つきあって半年くらい、経《た》ったな。やっとだ。うれしい。どきどきしてきた」

清光の言うとおり、今日やっと、と思うと、急に緊張してきた。

「いちおう準備してきたけど……はじめてなんだからやさしくしてくださいよ？」

「おう。イメトレも完璧だ。任せろ」

清光の言う「任せろ」が軽くて、限りなく不安ではあるけれど。でも、受け入れるほうの侑志を気遣って、待つと言ってくれたのは清光だった。ふたりの身体をつなげる行為に、少しの苦痛もないようにしたいからだと。

「今日まで待ってくれてありがと……清光」

侑志が感謝の気持ちを伝えると、清光はうれしそうにはにかんだ。

ふたりでベッドに横たわり、顔を見合わせた。

「侑志、好きだ。つきあい始めて、もっと好きになって、お互いの仕事でなかなか会えないときもあったけど、その間も、ますます好きになっていった気がする」

「うん。俺も……勝手にチーズのやつ食われても好きだ」

喉の奥で清光が笑いながら、キスをくれる。

「清光が俺のこと好きって言う好きより、俺のほうが清光を好きだから」

「早口言葉みたいだな。じゃあ俺は、『清光が俺のこと好きって言う好きより、俺のほうが清光を好きだから』って言う侑志より、俺のほうが侑志を好きだよ」

「負けずぎらいか」

またふたりで笑って、くちづけあった。

「清光……俺、しあわせだ。ありがとう」

もう何十回とキスをしたけれど、今日はきのうよりしあわせで、だから今日がいちばんしあわせだ。


肌と肌を直接ふれあわせると幸福感が増す気がする。

膝頭から内腿《うちもも》にかけて清光がくちびるをすべらせ、脚のつけ根に顔を埋めた。その臼蓋《きゅうがい》と呼ばれる浅い窪《くぼ》みや鼠径部《そけいぶ》を舐められるとぞくぞくする。これは清光の『焦《じ》らし』だ。清光は侑志におねだりを言わせたがるから。

「き、清光……もう、舐めて」

自分のペニスを握って「これ」と示す。

清光は、今度は焦らさずに侑志を深く呑《の》み込んで、舌も頬の内側も使い、惜しみなく愛撫《あいぶ》してくれた。

「ふ……う……」

後孔を指で拡げられながら、いつもなら果てるまで口淫されるが今日は違う。これからつながることを期待しているせいか、内襞《ないへき》が清光の指にやたら絡みついて、食《は》むように動くのが自分でも分かった。

「なんか今日……中がきゅうきゅうしてる……」

「あ……んぅ……」

清光にも伝わってしまうくらい。清光とつながることを、全身が悦《よろこ》んでいる。

「侑志の中……柔らかい。ここに挿《い》れたら気持ちよさそうだな」

ぐるんと中で指を回されこすり上げられたとき、いきなりきゅんときて、つま先まで快感が走った。

「あっ、あっ……」

「え？　イく？」

咄嗟《とっさ》に、清光の手首を摑んでとめた。

「や、やばい……なんか今日……」

いつも「感じすぎ」と指摘されるが、今日はとくに敏感になっている気がする。

すると清光が頬を紅潮させ、「もう挿れたい」とつぶやいた。

脚を抱え、清光が挿れやすいように協力する。侑志も、自分が彼のペニスを受け入れる様子を、じっと見守った。

同じ性だけど、清光のものはくっきりとえらが張っていて、なんだか凶暴そうに見える。

——あれで、こすられたら……気持ちよさそう……。

はじめてのときは指ですら痛かったのに、今は期待で胸が膨らんでいる。

このごろは指を挿入されたときから、中で感じる。つんとくるような快感がつま先まで伝播《でんぱ》するのだ。

清光が硬い尖端《せんたん》で後孔のふちをこすり、蜜をぬりつけて、侑志の中にぬぷんと沈んだ。

「あぁっ……」

痛みはなく、受け入れた瞬間の快感と軽い衝撃で声が出た。

「侑志……あぁ……侑志の中だ……すごい……」

「……んっ……」

自分の身体の中で、清光の熱を感じる。まだ尖端を受け入れただけなのに、興奮で胸が大きく上下し、侑志は喘《あえ》いだ。

「きよみつっ……」

「うん……ユウ……も少し、挿れさせて」

ぐっと腰を落とされ、狭い襞《ひだ》を掻《か》き分けて清光が進んでくる。

「あぁ、あ……はぁっ……」

まだ道の途中でふちのぎりぎりまで後退し、再び尖端を押し込まれる。何度もそれを繰り返されるうちに動きが滑らかになってきた。

「あっ……ん、き、清光、きよみつ……」

「抜くとき、先っぽ、気持ちい……侑志っ……」

「んんっ……」

腰を回しながら出し挿れされているせいで、そこからぐちゃぐちゃと卑猥《ひわい》な音が響く。

「ゆー……し……も、これっ……気持ちいい？」

侑志も息を弾ませてうなずいた。

これまでたっぷり時間をかけて準備してきたとはいえ、太くて逞《たくま》しい硬茎で抜き挿しされても、詰め込まれたような圧迫感があるくらいで、はじめてとは思えないほど痛みがない。

「もっと、挿れていい？」

「……清光っ……」

いいよ、の返事の代わりに、清光の腕を掴んで引き寄せる。そうするとつながりがさらに深まった。

——限界のところまで、清光とくっつきたい。

侑志は悦びのままに、清光の背中に腕を回して、ひしっと抱きついた。

ゆるゆると緩慢な動きで隘路《あいろ》を拡げ、後孔に道筋をつけられている。もっと滑らかに、奥深く、強く抽挿するために、均《なら》されているようだ。

互いの胸と胸がくっついて、ぴったりと重なる。

「清光っ……もっ……と、大きく動いても、いいよ……あ、ゆっくり……あっ……」

「ん……」

清光がゆるやかに振り幅をつけてピストンを始めた。

ひたすらにこすられているところから快感が染み出し、じわじわと濃くなっていく。徐々に速度が上がり、粘膜をこすりあわせる行為に夢中になる。

「はぁっ、はぁっ……あっ……きよみつっ……」

「……あぁ……気持ちい……腰、とけそ……っ……」

侑志の耳元で清光がため息のような声を漏らした。

清光のリズムで好き勝手に揺さぶられるのがうれしくて、しあわせで、うっとりと酔った心地で快感を享受する。

「わ……すごい……めっちゃえろ……」

清光はふたりがつながっている部分を見下ろして、興奮で声をうわずらせた。

「俺のと、ジェルで、とろとろだ……侑志も見る？」

侑志が無言でそちらを見遣ると、大きく脚を押し広げられて、清光のペニスが出入りするところをあらわにされる。見ていられないくらい、いやらしくて、卑猥だ。

快楽に呑まれてまぶたを閉じる。そうするとますます昂《たかぶ》ってきて、侑志は揺らされ鼻を鳴らしながらも、清光とつながる行為がどんなふうに気持ちいいのか伝えた。

「抜けそうなぎりぎりのところ、カリでふちが捲《めく》れてこすれるの、気持ちいい……」

「……お、れも、それ、気持ちいっ……」

浅いところを執拗《しつよう》に抜き挿しされて、そこから溢《あふ》れてくる快感がますます強烈になってくる。ペニスをこすって自慰をしたときの快楽とは違う、甘い痺れを伴って腹の底から熱いものが沸き上がるようだ。

「あっ、うぅっ……んんっ」

「侑志の内腿、鳥肌が立ってる……気持ちよすぎ？　も少し速くしよっか？」

快感をたぐり寄せるのに集中して声が出せない。返事の代わりに腕にすがった。

清光が覆い被さり、煽るように腰を送ってくる。抽挿のスピードが上がるとますますよくなって、侑志は背筋を震わせた。後孔がきゅんと収斂《しゅうれん》して、清光のかたちをはっきりと感じる。

「——ぁっ……っ……！」

そのとき、快感でしこってきた中の胡桃《くるみ》を、清光が硬い尖端でこすり上げた。勝手に腰が浮いて、悦んでしまう。

「き、清光、んっ……そこっ……すごいっ……ああっ！」

「あたってる？」

「上っ……の、とこっ……あっ、んっ、んっ」

打ち込まれるごとに、びくびくとつま先が跳ねる。

清光にしがみついて、接合部分で衝撃を受けとめた。

甘くとろけるような快感が、全身に広がる。

頭が真っ白になるくらいすごく気持ちいい。気持ちいいのにイけないのがもどかしい。

夢中で硬茎をこすりつけていた清光が、ぎゅっと侑志を抱きしめたまま急停止した。

「……やばい……今イきそうだった……」

清光は掠《かす》れた声でそうつぶやいて、侑志の耳元でふう、ふう、と荒い呼吸を響かせている。

「……侑志の中、気持ちよすぎ……」

清光はうれしくて困ったというような顔で「うう」と唸《うな》ると、侑志にキスをした。

「……侑志は？　イけそう？」

うしろを清光にこすられながら自慰をすれば、すごくよくなれそうな気がする。

「……さっきの気持ちいいところと……もっと……奥までしてほしい」

「じゃあ……奥も突くね」

そう宣言した清光が大きくゆったりとしたストロークで動き出す。侑志も尻を浮かせて、清光を深く迎え入れた。

「あぁ……っ……」

清光がぐっと腰を突き出して、奥壁に押しあててくる。いちばん深いスポットに尖端が嵌《は》まった感覚があり、侑志は目を見開いた。清光と目が合い、その一点を狙って抉《えぐ》られる。

「んっあぁっ……！」

つぅんとするような、鮮烈な快感が背筋を駆け上った。清光のペニスに内襞が絡みつき、穿《うが》たれるたびにじゅぼじゅぼというひどくいやらしい蜜音が、接合したところから響く。

「――っ……侑志っ……中でも感じてる？　痙攣《けいれん》、すごい」

侑志は返事もままならずに、自身のペニスに手を伸ばした。ふれるとそこはすでにべたべたで、粗相でもしたような状態だ。

「清光っ……もう、もう、イきたいっ……」

震える声で訴え、後孔をぐちゃぐちゃに犯されながら、夢中で手筒を動かして自慰に耽《ふけ》る。

「それ、締まるっ……ゆぅしっ……っ……」

「あぁっ……やっ……清光……あぁ、あっ、すごいぃっ……」

もう我慢できないというように清光に腰を振りたくられて、侑志は甘ったるく嬌声《きょうせい》を上げた。

二箇所からの異なる快感で頭の芯が痺れ、どうにかなりそうだ。

侑志は口から空気を取り込むのを忘れるほど感じて、腰をびくびくと跳ねさせた。

「侑志、んっ……イく……！」

最後の激しい抽挿に、侑志は喉を反らしながらもう声も出せない。自慰なのか、後孔の刺激なのか分からないうちに腹の上に吐精して絶頂すると、続けて清光も侑志の中で極まるのが分かった。

やがて清光がぐったりと倒れ込んだ。侑志はそんな彼を抱きとめる。

ふたりとも呼吸が乱れ、心地よい倦怠感《けんたいかん》の中でくちづけを交わした。

「気持ちよすぎて、必死で、……なんか、いろいろ忘れてる気がする……」

時間にすると短い。いっきに駆け上がって、夢中で、果てた。

「挿れられてから、あんまりキスしてないな……」

顔に頬をすり寄せて侑志が言うと、清光が「だね」と苦笑いする。

「侑志は耳が激弱なのに攻め忘れた。……ごめん～、余裕なさすぎだな」

「最初だし、余裕なくて、必死なかんじで、俺たちらしくて、気持ちよかったよ？」

侑志の感想に、清光が「そう？」と少しほっとしたように笑った。

「うん……余裕なかったけど、気持ちよかったな……」

顔を寄せ合い、清光がキスをくれて、侑志の中から出ていく。

ずるんと彼の熱を抜き取られる感覚に、侑志はまぶたを震わせた。つながっていたのに、そこがぽっかりと空いたかんじがする。なんだか、むしょうにさみしい。

「……今の顔、好き」

「……え？」

「出て行かないでって顔」

「…………うん」

素直にうなずいて、侑志は清光の胸に顔を寄せた。

離れたら、途端に甘えたくなったのだ。

「さっきの反省点を踏まえて、もう一回する？」

「……うん」

清光に抱擁されて、侑志も彼の背に手を回す。

「好き……清光」

「俺も、好きだよ」

セックスの最中よりも、たくさんくちづけを交わして、侑志はうっとりとした心地で清光に寄り添った。

「なんか……まだまだこれからってかんじ」

「俺たちらしく、ゆっくり行こう」

つきあいも長いけど、人生はもっとずっと長いから。

□8□

年が明け、『マローンSC』は中旬に行われる東京都サッカートーナメントの試合に向けて最終調整に入っている。緊張感も高まる時期ではあるけれど、侑志《ゆうし》はこの日、『MHL記念ホール』でとくに身体に疲労がたまっている選手のケアを目的にマッサージを施した。

「ちょっとでも張ってるかんじがするときは、『これくらい』と思わずに冷やしてくださいね」

選手の不調は、走るとき、歩くときの、些細《ささい》な動きに違和感を覚えるから、普段の様子を見ていれば差異に気付く。手でふれたら筋肉の緊張や熱を持っていることが分かる。

「少し浮腫がある気がするんですけど、水分取り過ぎました？」

「あー、言われてみればそうかも。塩分の高いもの食べちゃって」

侑志に指摘された選手は「宮坂《みやさか》さんには俺より俺の身体のこと知られてる気がする」と笑っている。

「浮腫、流しておきます」

スポーツ選手のケアやフォローについていろいろと学ぶうちに、理学療法士として最小限必要な資格以外にも興味を持ち、「うちの中でエステサロンも開けそうだね」と院長が冗談を言《い》うくらいにはあらゆる資格を取得している。人を癒やすための知識を得るのも、それを活かして施すのも侑志にとってはもはや趣味だ。

「はい。マッサージ終了です」

「やべー……宮坂さんに骨抜きにされた……気持ちよかった……」

しばらく立ち上がるのも億劫《おっくう》になるほど、身体の緊張がほぐれ、リラックスしている選手の顔を見るのが、侑志にとってチーム専属の理学療法士として最高の充実感を得る瞬間だ。

マッサージのあとは、毒気を抜かれた選手たちがそこらじゅうに転がっているので、そんなときにたまたま顔を出した清光《きよみつ》が「うわぁっ！　何があった？」と血相を変えたこともあった。

「みなさん、来週の試合がんばってくださいね！　応援行きますから」

選手がそれぞれハンドサインで『がんばります』をアピールしたり「ありがとうございまーす」と返してくれる。

――まぁ、いちばんの充実感は、ケガや不調がなく、試合に勝ってくれることだけど。

侑志が自分の荷物を片付けているところに、レオがやってきた。

「宮坂さん、これ」

レオに差し出されたのは、ビニール袋に入ったチームデザイン入りのジャンパーだ。

「え？　スタジャン作ったの？　新しいジャージだけかと思った」

社会人サッカーリーグ1部昇格のお祝いとして、作ってもらったとは聞いていたのだが。

マットブラックの生地に『MHL』『MaloneSC, GO FOR WIN!』のバックプリントがあしらわれている。スポンサーロゴも増えていて、「かっこいいね！」と侑志も笑顔になった。

「それ、宮坂さんの分です。名前も入ってますよ」

「えっ、これ俺の？」

表側を見れば、胸に『STAFF　MIYASAKA』の刺繍《ししゅう》まで入っている。

「うわぁ……いいの？」

「もちろん。宮坂さんも、『マローンSC』の一員なんで。これから寒くなるから、ちょっと防寒にはたりないけど」

「ぜったい着て応援に行くよ！　みなさんも、これ、ありがとうございます」

するとキャプテンが選手を集めて侑志のもとにやってきた。

「これからもお世話になります。よろしくお願いします、宮坂さん」

あらためてのあいさつに、侑志もメンバーに向けて「こちらこそ」と笑顔で返す。

「みんなおつかれさーん……？　あれっ、どうした、集まって」

そこに現れたのは清光で、仕事を終わらせ、帰り支度をすませて来たのが分かる格好だ。

「出た。清光さん。宮坂さんが来る日は、こっちが終わる時間に合わせてるの、ばればれ」

レオが半眼になってツッコミを入れると、清光は「たまたまだよ、たまたま」ともっともらしい顔で反論する。

「清光、これ。みなさんからスタジャンいただいたんだ」

「おお。次の試合、それ着て一緒に応援に行こうな」

「来週寒そうだから、スタジャンの下に仕込むインナーダウン買おう」

「えっ、俺も欲しい」

そんなふたりのほのぼのした会話を聞いていたみんなが、「はいはい、仲良し仲良し」と笑いながら解散していく。

最後まで残っていたレオが、ふたりを見比べてにんまり笑った。

「いいね。友だちで仲間で恋人なんてさ。そんな調子でケンカとかしたことある？」

レオの問いに清光が「あるよ！」と当然とばかりに答えた。

「侑志はこう見えて食い物に対する恨みがすごい」

「俺が買っておいたものを清光が勝手に食べるからだろ」

「ね、ほら、こんなかんじで。あと『これのどこが半分こなんだ』って怒ったりする」

そこでようやくレオのあきれ顔に気付いて、ふたりとも口を噤《つぐ》んだ。

「高校のときからこんなだから。俺たちたぶん、この先もきっと変わらないよな」

清光の言葉に侑志が「まぁね」と返すと、レオも「ふたりはそれでいいんじゃないですか？」と笑った。

レオも「おつかれっしたー」と手を振って、ホールを出て行く。

メンバーがいなくなり、ふたりは顔を見合わせて微笑《ほほえ》みあった。

「侑志とケンカもするしお菓子の取り合いしても、キスで仲直りすればいいんだもんな」

「……まぁね」

変わらないようでいて変わった部分もあるけれど、それは自分たちだけの秘密にすればいい。

ふたりはあしたも、これからもずっと、親友で恋人だ。

あとがき

こんにちは、川琴《かわこと》ゆい華《か》です。『親友だけどキスしてみようか』をお手に取っていただき、ありがとうございます。お楽しみいただけましたか？

この先、小説の内容に思いきりふれますのでご用心ください。

今作は一冊まるごと書き下ろしです。

男子高校生の頃をがっつり書けたのがうれしい！　ふたりの過去にだいぶ切り込んだというか、抉ったというか。内容的にも分量的にも、過去についてはもっとさらっと流し、回想で軽くふれるものを求められることが多かったので、今までにない書き方をしてちょっとどきどきしています。高校生シーン、「ここで読むのやめられないじゃん！」と思っていただけたらいいな……。

あと、サッカーや企業スポーツ、スポーツ傷害について、プロットの段階ではここまで書き込むつもりがなかったために、準備がちょっとたいへんでした。わたし自身、運動やスポーツとは無縁の生活をしているので、ほぼ未知の世界なんですよね。運動しないから骨折したこともないですし。えっと……なんだかとても恥ずかしい自慢をしてしまいました。

BL小説では、スポーツものはあまり歓迎されないという（スポーツ萌えする女性の割合的なことで）傾向がありまして、「とはいえ、いつか書けるかな～」と機会を窺っていました。読む方が退屈に感じずにBLとして萌えるところを探りつつ、直球でラブストーリーを書いたので、この辺りもどきどきしています。

さて、イラストは古澤《ふるさわ》エノ先生です。高校生のふたりがおとなになる過程を麗しく描いてくださいました。今や絶滅危惧種となっている『イヤホン半分こ男子』もなんとかわいいのでしょう。カバーや口絵では受けの侑志が平静を装っていますが、「内心では転げまわるくらいうれしいに違いない」とにやにやしちゃいますね。侑志のそっと相手を窺っているようなところが滲む表情に感嘆しましたし、挿絵では清光だけじゃなく拓海とレオもめちゃめちゃかっこよく描いていただいて、まさにイケメンパラダイスでした。ごちそ…ありがとうございました！

苦しいときもいつもやさしく接してくださった担当様。だいぶ迷い道しましたが、お助けいただいたおかげでこうしてかたちになりました。ありがとうございました。

最後に読者様。いつもですが、今回も「楽しんでいただけたかなぁ」ととてもどきどきしています。よろしければ、お手紙やツイッターで短くてもかまいませんので、ご感想をお聞かせくださいませ。皆様からいただくお声が、わたしの原動力です。

またこうして、お目にかかれますように。

川琴ゆい華

この本を読んでのご意見、ご感想を編集部までお寄せください。

《あて先》〒141-8202　東京都品川区上大崎3-1-1　徳間書店　キャラ編集部気付

「親友だけどキスしてみようか」係

【読者アンケートフォーム】

QRコードより作品の感想・アンケートをお送り頂けます。

Chara公式サイト http://www.chara-info.net/

■初出一覧
親友だけどキスしてみようか……書き下ろし

Chara

親友だけどキスしてみようか

…………【キャラ文庫】

2020年7月31日　初刷

著者　川琴ゆい華
発行者　松下俊也
発行所　株式会社徳間書店
〒141-8202　東京都品川区上大崎3-1-1
電話　049-293-5521（販売部）
　　　03-5403-4348（編集部）
振替　00140-0-44392

印刷・製本　図書印刷株式会社
カバー・口絵　近代美術株式会社
デザイン　百足屋ユウコ＋モンマ蚕（ムシカゴグラフィクス）

ISBN978-4-19-900999-0

キャラ文庫最新刊

花降る王子の婚礼
尾上与一
イラスト✦yoco

姉王女の身代わりで武強国に嫁いだ、魔法国の王子リディル。結婚相手のグシオンに男だとバレるけれど、なぜか意に介されず!?

親友だけどキスしてみようか
川琴ゆい華
イラスト✦古澤エノ

社会人サッカーチームの専属に抜擢された、理学療法士の侑志《ゆうし》。顔合わせの場に現れたのは、高校時代に告白してフラれた親友で!?

疵物の戀
沙野風結子
イラスト✦みずかねりょう

海外組織から狙われ、SPをつけられた研究者の真智《まさと》。そのSP・玖島《くしま》は、高校時代に想いを寄せた、因縁のある相手で――!?

8月新刊のお知らせ

秀香穂里　イラスト✦金ひかる　[恋に無縁なんてありえるか(仮)]
砂原糖子　イラスト✦笠井あゆみ　[小説家先生の犬と春]
渡海奈穂　イラスト✦夏河シオリ　[獣の王子(仮)]

8/27(木)発売予定